新潮文庫

自衛隊失格

私が「特殊部隊」を去った理由

伊藤祐靖著

新潮社版

11453

はじめに

二〇〇七年四月、私は海上自衛隊を退職した。

階級は二佐（中佐）、年齢は四二歳であった。

退職の辞令書を受け取ったのは、広島県の江田島にある海上自衛隊の第一術科学校だった。その場には、私を含めて三人しかいない。なのに、妙に緊張している司会者役の幹部と、言葉を交わしたことも会ったこともない上官と一緒に儀式めいたことをして、紙っぺら一枚を仰々しく受け取る。

頭の中に「しょぼい」という単語が浮かんだ。

「いかにも公務員だな……」とも思う。

儀式を終えて外へ出たら、暖かい春の日差しと緑がまぶしかった。入隊の朝、「女々《めめ》しいことをするくらいなら死を選びなさい」と祖母に言われたことを思い出す。あれから今日、この日まで、自衛隊で体験した様々なことが頭をめぐる。

やわらかな春風を感じながら、私は制服を着たまま営門まで歩いた。門を出るには身分証明書が必要だが、すでに返納してしまい、持っていないことに気づいた。若い

衛兵にそう伝えると、彼は一瞬、不思議そうな顔をした。だが、すぐに飲みこめたようで、キッチリとした挙手の敬礼をし、

「長年ご苦労様でした」

と言った。私は、彼に敬礼を返しながら、「これは人生最後の敬礼だ」と思った。

営門を出て、だらだら続く江田島の坂道を上っていくと、門の外からもう一度自衛隊を見たいという衝動に駆られた。自分で断ち切った世界とはいえ、未練があったからだろうと思う。

しかし、衝動はすぐに消え、私は一度も振り返らなかった。

いったい自分は何を求めて自衛隊に入り、何が相容《い》れずに自衛隊を去ったのだろう。

一九八三年に茨城の県立高校を卒業した私は、陸上競技の特別推薦で日本体育大学に進み、その先は地元で高校の体育教員になることが決まっていた。なのに、それを辞退し、海上自衛隊に二等海士として入隊した。大卒は幹部候補生として入隊するのが一般的だが、いきなり幹部になるのはズルいと感じ、最下級兵士から始めることにしたのである。

結局、海上自衛隊には、ちょうど二〇年勤務したことになる。

いくつかの転機があるが、一番大きなものは一九九九年三月に発生した「能登半島沖不審船事案」である。同事案をきっかけに創設された特別警備隊という特殊部隊の仕事に、創隊準備から携わった。

特殊部隊とは何か。特殊部隊員の現場である特殊戦とはどんな〝いくさ〟なのか。その中身を、私の体験を通じてこの本で説明していきたい。

日本では、主に映画や小説を通じて、米陸軍のグリーンベレーや米海軍のネイビーシールズ、英陸軍のＳＡＳあたりがよく知られているが、それらは世界各国が有する特殊部隊の中のごく一部に過ぎない。

特殊部隊という言葉は、それなりに耳馴《な》れていながら特に定義もされず何となく使われている。私の中にある「特殊部隊」とは、組織としても個人としても完全に孤立することが大前提だ。隊員の選抜、教育、訓練にしろ、組織の編成、装備品の選定、作戦の立案にしろ、その部隊だけで行動し、作戦を遂行することを前提としている。だからこそ、パラシュート降下や潜水能力、生存自活能力、爆破、狙撃《そげき》、近距離戦闘術が必須《ひっす》となる。となれば、警察活動をする組織ではなく、軍事行動をする組織となってくる。

二〇年の自衛隊勤務の中でも、この特殊部隊での八年間はとりわけ本気《マジ》だった。

私の人生の原点は、全身全霊、本気《マジ》でやっていきたいという願望にある。そうした生き方に憧《あこが》れ、そう生きるために自衛隊に入隊した。

特殊部隊ではそれを徹底して目指した。ともかく、北朝鮮の工作員が待ち受ける工作母船に乗りこんで、拉致《らち》されつつある日本人を奪還するために創設された部隊だ。そこで生きる価値を見出《みいだ》せるのは、「死ぬのはしょうがないとして、いかに任務を達成するかを考えよう」と思える特別な人生観の持ち主にほかならない。

私にはうってつけの部隊だった。同じ人生観を共有できる隊員たちと、可能性の限りを尽くした。しかし……。

現在の私の職業は、フリーランスの何と言ったらいいのだろうか。二〇一六年に『国のために死ねるか』という著書を出してからは「特殊戦指導者」という肩書きで紹介されることが多いが、やっている仕事は多岐にわたる。人前で自分の経験にもとづく話をする機会も増えた。

「あなたは、どんな人の影響を受けましたか?」

講演後の質疑応答、セミナー後の懇親会などで、しばしば受ける質問だ。いや、必ず聞かれるといっていいかもしれない。私の答えは決まっている。

「三人いまして、まずは母方の祖母です。私は、『軍国ばばあ』と呼んでいました。そして、父ですね。陸軍中野学校出身で、蔣介石《しょうかいせき》暗殺命令が取り消されていないとして戦後三〇年間、発動を待っていました。もう一人は特殊部隊を辞めた後に単身出かけたフィリピンのミンダナオ島で雇ったトレーニングパートナーで、海を住処《すみか》にしている海洋民族の女性。私の特殊戦の技術はほとんどが彼女からの指南によるものです」

本書にも当然、全員出てくる。この三名に共通するのは、私に本気で生きるということを突きつけ、ある意味それを強要したことである。

私の半生は、本気《マジ》とどう関わってきたかに尽きる。叶《かな》ったり叶わなかったりで、絶頂と失意、自己陶酔と自己嫌悪《けんお》の連続だ。

我ながら、だいぶ特異な環境で育ち、変わった体験を数多くしたと思う。それが生来持っている変人要素――自分にはこっちのほうがまっとうに見えるのだが――と相まって現在の私を形作っている。

思えば、子供の頃から「変わってるよね」「だいぶヘンだよね」と言われて育ってきた。成長にともない、身体《からだ》も性格も変化したが、「だいぶヘン」という部分だけはそのままかもしれない。というよりも、さらに拍車がかかり、とうとう特殊部隊にまで行ってしまい、そこを辞めた今も特殊戦の世界で生きている。

その「ヘン」が、手に負えなくなり始めたのは中学、高校時代。だから、よく聞かれる私の半生を語るにあたって、まずはその時代の自分にさかのぼろう。

たかだが五三年しか生きていないが、私なりに思い、悩み、決断し、行動してきた。記憶の限り、その軌跡を書く。

そして、私が目指している本気《マジ》とは何なのか？

私の本気《マジ》が通用しなかった自衛隊とは、どういう組織なのか？

ミリタリーの世界とは直接関わりのない皆さんにも伝わるよう、思いの丈を述べてみる。

目次

第三部　防衛大学校の亡霊たち　143

第四部　未完の特殊部隊　191

日本の主な防衛体制

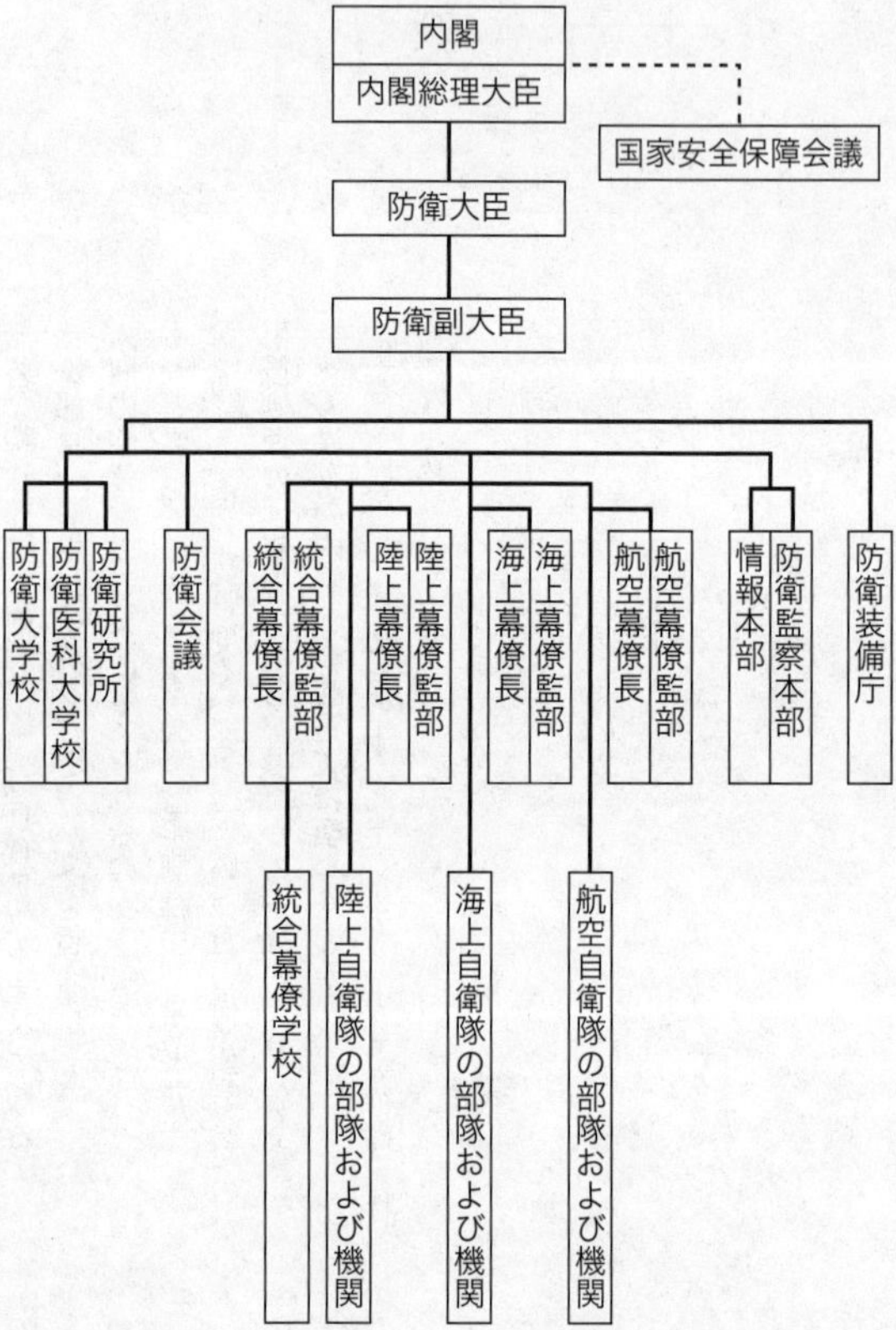
内閣
内閣総理大臣
国家安全保障会議
防衛大臣
防衛副大臣
防衛研究所
防衛医科大学校
防衛大学校
防衛会議
統合幕僚監部
統合幕僚長
陸上幕僚監部
陸上幕僚長
海上幕僚監部
海上幕僚長
航空幕僚監部
航空幕僚長
防衛監察本部
情報本部
防衛装備庁
統合幕僚学校
陸上自衛隊の部隊および機関
海上自衛隊の部隊および機関
航空自衛隊の部隊および機関

海上自衛隊の主な組織と拠点

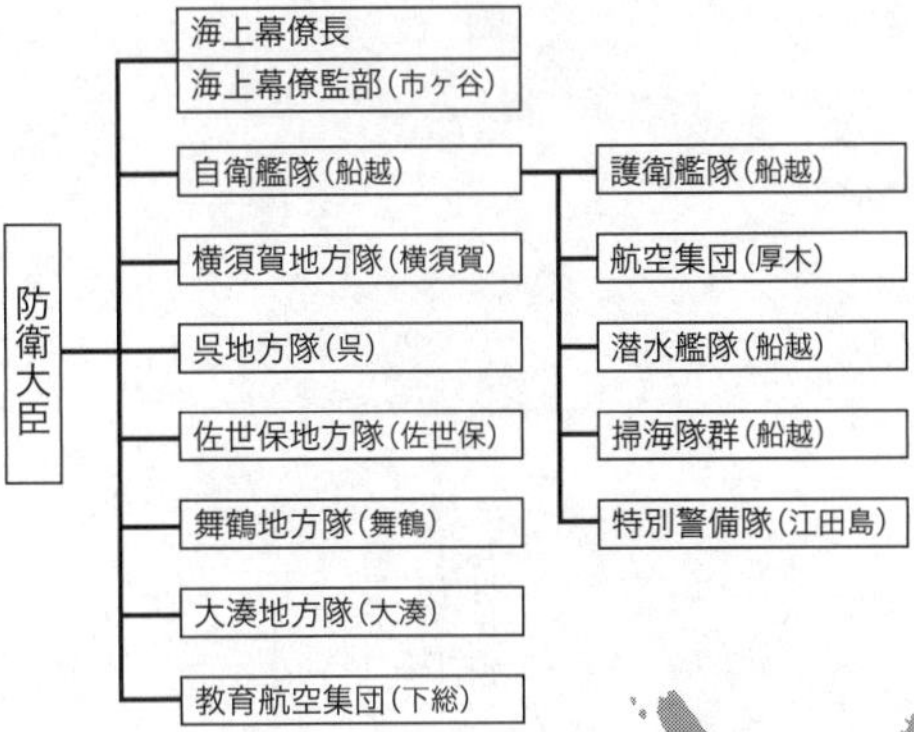
防衛大臣
海上幕僚長
海上幕僚監部(市ヶ谷)
自衛艦隊(船越)
横須賀地方隊(横須賀)
呉地方隊(呉)
佐世保地方隊(佐世保)
舞鶴地方隊(舞鶴)
大湊地方隊(大湊)
教育航空集団(下総)
護衛艦隊(船越)
航空集団(厚木)
潜水艦隊(船越)
掃海隊群(船越)
特別警備隊(江田島)

大湊地方隊
大湊
舞鶴地方隊
東京
〈海上幕僚監部〉
佐世保
地方隊
舞鶴
呉
横須賀
佐世保
横須賀地方隊
呉地方隊

編集協力　オバタカズユキ
図版製作　ブリュッケ
写真提供　海上自衛隊ホームページ（二〇一八年当時）（89頁）
　　　　　共同通信社（195頁）

自衛隊失格

私が「特殊部隊」を去った理由

第一部　軍国ばばあと不良少年

高校で人生が一八〇度変わった

中学生の時、母がよく言っていた。

「あんたに子供が生まれてその子が中学生になったら、『さあ、お酒たくさん飲みなさい。タバコどんどん吸いなさい。ケンカ毎日しなさい。警察に捕まりなさい』って言ってやるよ！　その子が何をやったって、あんたよりは絶対マシだ！」

冗談だか本気だかわからなかったが、言いたい気持ちはよく理解できた。

当時の私は、とにかくルールに従うという姿勢を嫌っていた。

やっていたことは社会からはみ出している、いわゆる不良たちと似たようなものだ。ただ、酒、タバコ、バイクであってもその目的とするところは、スリルやスピードとか、目立ちたいとか、縄張り争いとかではなく（それも少しはあるが）、「ルールに従う気がない自分」をアピールすることだった。

だから、一番悦に入るのは捕まった時なのである。捕まえた警察官などが、説諭、説得をして私に反省させ、「すみませんでした。もうしません」と言わせようとする時に、「規則に従うのが嫌なので、何度でもします」と言いたいのだ。それがしたくて、罰則をがまんしてルールを破っているようなものだった。

相手の反応で一番好きだったのは、「お前、頭おかしいんじゃねえか?」と「親の顔が見たいわ」だった。

なぜそんなにまでしてルールに従う気がないことをアピールしたかったのかというと、それ以前の自分に対するヒステリックな反動だったのだと思う。

以前の私は、ルールに納得して従っていたのではなく、従順と罰則を天秤《てんびん》にかけ、前者のほうが得だと思ったから従っていた。ある日、それがひどく卑怯《ひきょう》に思えるようになり、逆の行動をとるようになり、それがどんどんエスカレートし、気がつけば世間一般から乖離《かいり》した、どうにもならない奴《やつ》になっていた。

心の中では、それでよしとしていたわけではなく、このままの状態でやっていけるはずがないと思っていた。だが、どうしたらいいのか、打開策がわからなかった。

それが人生わからないものだ。高校生になったとたん、変わったのである。人生が一八〇度ひっくり返った。全身の血液を入れ替えたかのような別モノに、ある意味、極めて真面目《まじめ》な青年になった。

変化の理由はいくつかある。

ひとつは、物理的に東京の生家を出たことだ。

よかれと思って私に干渉してくる母から離れ、なぜなのか私にまったく干渉しない父のもとに転がり込んだ。高校は、当時の通商産業省に勤務していた父の単身赴任先である茨城県桜村（現在のつくば市）の県立高校へ進学した。

父との二人暮らしが始まると、当然のように家事全般が私の仕事になった。それまで炊事、洗濯、掃除のどれも無縁だったが、やってみるとたくさんの驚きがあった。まず、家電製品の便利なことに感激した。家電といっても一九八〇年代に入ったばかりの時代だから、今の利便性とは雲泥《うんでい》の差がある。それでも実にありがたかった。保温機能はなかったが炊飯器でご飯を簡単に炊《た》けたし、二層式だが洗濯機でらくらく衣類を洗えた。電子レンジはなかったが、ガスはあったし、蛇口をひねれば水は出た。

私は一九六四年生まれである。時代感覚がズレてないか、と首をひねる方がいるかもしれないが、実際に一世代違っていたらどうなっただろう？ 私の父が私の歳《とし》の時には、炊飯器も洗濯機もガスもなかった。上水道が日本全国に整備されたのだって、一九七〇年代中頃である。それ以前は井戸の水汲《みずく》みが当たり前という地域もたくさんあった。

私は運動部に入っていたので、朝が早く夜は遅い。そんな高校生が、学校生活と家事を両立できたのは家電製品が進歩を遂げていたからなのである。

おかげで作業量は大したものではなかったが、日常生活に対する考え方は大きく変わった。以前は、母がすべて家事をしてくれていたので、何を作るか考えながら食材を買うことはなかったし、洗濯物が乾かない心配もしたことがない。風呂《ふろ》だってお湯を満たせば入れると思っていた。浴槽を洗い、釜《かま》の中も洗い、排水溝のごみを捨てなきゃ詰まっちまうなんて思いもよらなかった。

当初はいちいち驚きながら、今まで家事をしてくれていた母への感謝の気持ちを抱いたものの、慣れてしまえば何てことはない作業であるとわかり、その割にはずいぶんものすごいことをしているかのように言っていた母に違和感を覚えた。

家事や子育てをこなしながら、外で働いている女性は大勢いる。専業主婦を非難する気はない。が、家電製品の利便性が相当なものであることは間違いない。

少なくとも自分の場合、一か月もすると、高校に通いながら家事をこなすことぐらい何の苦にもならなくなった。

生きていくには金が要る

そんなことより身に沁《し》みたのは、生きていくのには、金が必要ということだ。それは父が月末に出張などで不在、手持ちの金がなくなると、特に深刻な問題となった。金があろうとなかろうと、空腹が定期的にやって来るからである。

運動部に入っている高校生といえば、中年となった今の自分が理解できないくらいの量を食べ、短時間で消化してしまうものだ。満足するまで食べるには、食材をたくさん買ってきて調理をしなければならない。それには先立つものが要るのだ。

父が必要な金をくれなかったわけではない。私が無計画に使い、月末には手元不如意《ふにょい》になっていただけの話である。しかも、同じ失敗を何度も何度も繰り返した。というより、成功したことが一度もない。毎月、何日かを残してスッテンテンだ。

よく覚えている感覚は、「腹が減った」よりも、「ひもじい」だ。ひもじさは、「空腹＋寒さ＋絶望」である。夏でも寒くなる。

けれども、二回か三回の体験でスッテンテンから切り抜ける術《すべ》は学べる。工夫すべきは計画的な家計などではない。「金がない時にどうやって食べ物にありつくか」だ。

まずは同級生の家に泊まりに行った。泊めてくれるのは最初だけだ。ここぞとばかりに同級生の何倍も食べる私を快く受け入れてくれる家は、数か月も経《た》つと皆無になった。泊めてくれないのに、この頃ついたあだ名の「ヤドカリすけやす」はずっと残った。

その手が通用しなくなると、勤労奉仕に励むことを覚えた。月の残金がわずかになったら一人暮らしの先生の家に行き、掃除や皿洗いをする代わりに食べさせてもらう。食べる量ほどの仕事はしないから、実質的には居候《いそうろう》だ。

それもなかなかできなくなると、最後の手段は「押しかけ女房」ならぬ「押しかけ息子」だ。一年先輩の家に入りこみ、先輩の弟のように、その家の次男坊のように振る舞った。

「人生で一番世話になった人は?」と聞かれれば、さすがに生んでくれた両親を挙げるが、高校三年間満腹になるまで食べさせてくれ、現在に到るまで実の子供となんの区別なく扱ってくれている先輩のこの両親を先に想《おも》うべきかもしれない。

今でもその家に帰ると「お袋」に怒られる。怒る理由は毎回違うし、よくわからないのだが、黙って聞いている。茨城なまりがキツすぎて、六割くらいしか内容は理解できない。でも、すごくありがたい気持ちになって、おとなしく怒られている。

　褒められたことは、これまで一度もない。それに「お袋」が自身を褒めているのはよく聞くが、他人を褒めているのを聞いたことがない。それでいて、私はこの世の誰が死んでも涙なんか流さないが、この「お袋」が死んだら絶対に耐えられないと思う。

　あの「ひもじさ」の恐怖から救ってくれたこともそうだが、「食べ物にありつきたい」という下心があった私をそのまま受け入れてくれたことが大きい。ほぼ常に私を怒っていたが、存在は肯定してくれた。

　なのに、どうしても照れくさくて「ありがとう」が言えない。今後も言える気はしない。その時が来たら、後悔と自己嫌悪《けんお》の中でこの目から涙があふれるのだろうが、どうしても感謝を伝えられない。

父親とサシで語り合う

　高校から自分を大きく変えた二つめの要因は、父と二人きりで過ごした時間だと思う。

　父は仕事が多忙で不在がち、私も先輩の家に入り浸っていたから、毎日顔を合わせていたわけではない。だが、それ以前は父と口を利《き》くことなどほとんどなかった。それが二人暮らしになってからは、よく話すようになった。

昭和二年（一九二七年）生まれの父は、激情型の性格で非常に短気だった。とはいえ、家族に感情をぶつけるようなことは絶対にしなかった。むしろ逆で、家族には無口で無表情だった。

東京時代の父は、毎朝定時の出勤時間になると、正座で自分の両親に「行ってまいります」と挨拶《あいさつ》していた。祖父と祖母は「はい。行っといで！」と江戸弁で送り出した。

長男の私はカバンを持ち、姉と母と一〇分程度の駅まで歩き、毎朝父を見送った。その際に、よく愚連隊《ぐれんたい》風のゴロツキに出くわした。そうするとそのゴロツキたちが一斉に、「行ってらっしゃいませ！」と父にだけお辞儀をした。九〇度の直角だ。

就学前の私でも変だと感じ、母に理由を尋ねてみたが、「朝、大きな声で挨拶することはいいことだ」としか言わなかった。子供心に「お父さんは、あの人たちにひどいことをしたに違いない」と思っていた。なぜなら以前、路上で金をせびりにきた愚連隊風の者に対し、ここにはとても書けないような方法で、肉体の一部を破壊しているのを、複数回見ていたからである。だから、私は父を、物心ついた頃から怪訝《けげん》な目で見て、「ああなってはいけない」反面教師として捉《とら》えていた。

父は、ルバング島から戻った小野田寛郎《おのだひろお》元少尉と同じ陸軍中野学校の七期生で、その訓練中に初代中華民国総統・蔣介石《しょうかいせき》の暗殺を命じられている。

それが理由か、だから中野学校にいたのかわからないが、とにかく常識というものがなかった。「非常識」な振る舞いをするというより、「常識の外側」でものを考える。何にも縛られない発想と振る舞いをする。

今風に言うなら完全な「ＫＹ」で、空気を読めないのではなく、まったく読まないのだった。

父の受けた暗殺命令

二人暮らしをするようになって、父は私に、昭和二年一月に生まれてからの自身に関するほぼすべての記憶を話してくれた。聞くことすべてが驚愕《きょうがく》で、一世代違うとこうも違うのかと思ったたし、戦前、戦中、戦後のものすごい激動の時代を生きてきたのだと知った。

父が幼少期をすごした昭和一ケタの日本は、明治というより江戸時代、藩の匂《にお》いがまだ強く残っていたようだ。急速な近代化と同時に生活物資の不足が始まり、特に着るもの、食べるものがなくなっていったという。

「戦うも亡国、戦わざるも亡国。戦わずしての亡国は、魂までも喪失する永久の亡国なり。たとえいったん亡国となろうとも、最後の一兵まで戦い抜けば、我らの子孫はこの精神を受け継いで、必ずや再起する」

父が中学二年の時に、真珠湾攻撃で日米開戦となった。それまでは化学者になりたいと思っていたらしいが、ラジオから流れた時の軍令部総長（いわば海軍のトップ）永野修身《おさみ》のこの言葉を聞いて、生き方と死に方を決めたと言っていた。

その四か月後、日本本土に対する初の空襲（ドーリットル空襲）が行われ、自分は助かったが隣にいた同級生は焼夷弾《しょういだん》の直撃により死亡したという。そして父は、陸軍予科士官学校に行き、そこから陸軍中野学校に引き抜かれた。自分でも何の才能を見《み》出《いだ》されたのかわからない、そうだ。

終戦を一八歳で迎えた父は、焼け野原の東京で進駐軍が捨てたタバコを拾う「モク拾い」もしたし、神戸で暴力団の用心棒も引き受けた。横浜でアヘンの密輸入の手伝いもしたし、長野で遭難遺体捜索の賞金稼ぎもしたという。終戦から八年後の昭和二八年九月には、とある組織からの依頼で、ソ連軍の兵舎の様子を偵察するため国後島《くなしり》に上陸もしている。妹、弟と両親を食べさせるため、何でもやったと言っていた。

父は、昔を振り返っては「ひどい時代だった」とか「仕方がなかった」とか、ネガティブなことを言う「自称戦中派」とはまったく違っていた。苦労話を語るのではなく、楽しそうに体験談を教えてくれた。

ああいう時代であったのに、なのか、ああいう時代であったからこそ、なのかはわからない。だが、話を聞くほどに、父は場の雰囲気や社会の風潮なんかお構いなしに自分の思った通りに生きてきたのだと感じた。

「自分の思った通り」の先に私欲がないことが魅力的で、現代よりはるかに強かったはずの同調圧力を跳ね除《の》けたパワーの源は、我が身かわいさで周りに合わせていながら、声高に国家だ公《おおやけ》だと叫ぶ輩《やから》への怒りのような気がした。それこそが、父の人生観、死生観であり、「リスクを覚悟し、正しいと思うことをする」という信条なのだ。

私も、この信条が流れる血を半分持って生を享《う》けたのだから堪《たま》らない。父は自分と同じような生き方が一般的な幸せとは程遠いことを知ってか、私に影響を及ぼさないように気を遣ってはいたが、一番見本にしてはいけない生き物が日々、目の前で生きている。随所からこぼれ出てしまう父の本音の声に、私はいちいち反応しながら育った。

今でも焼きついているのは「規則に従うか従わないかはお前の自由だ」である。規則があるからといって自分が間違っていると思うことをするな、正しいと思うことをして罰を受けろ、と言うのだ。

魅力を感じたのは、父の主体的に生きる先に私欲がないことだったのに、少しでも気を抜くと私欲が全身にからみついてくる私ではある。が、やはり心の奥にある倫理観、価値観の礎《いしずえ》がここにあることは間違いない。

根性論は完全否定する

私は、子供の頃から速く走りたかった。

学校の中では一番速かったが、全国レベルではなかったし、全国大会が行われていることすら知らなかった。しかし、興味はあった。だから、高校入学と同時に陸上部を見に行き、そのまま入部した。

私の人生を大きく変えるもう一つの要因となったのは、なんとしても手に入れたいものを見つけたことで、それは賞状だった。

陸上競技（短距離）で県のブロック大会の三位以内に入れば賞状がもらえて、競技場でも高校でも表彰される。心のどこかで褒められたかったのだろう。同情や、お世辞ではなく、揺るがぬ結果を出して、他人から認められたいという気持ちがあったのだと思う。

高校で所属した陸上部の監督も、私の人生を大きく変えた一人である。スポ根ものが流行し、「気合いだ!」「根性だ!」と言いながら、うさぎ跳びを日が暮れるまでやっていれば甲子園に行ける、くらいの勢いで指導している人が多かったのに、この監督はまるで違った。折に触れては、自分の考え方をこんなふうに語っていた。

「この世に根性なんてものは存在しない。それは、勝ちたいという欲求の度合いの違いにすぎない。合理的で科学的なトレーニングが必要で、それを他人が真似《まね》できない量をこなせるかどうかだ。こなした奴が勝つ」

監督は「いいからやれ! 黙ってやれ!」といった脳みそまで筋肉みたいな指導は一切しなかった。なぜその練習をするのか、どんな効果が期待できるのか、といった必要性や効果を必ず説明してからやらせた。

しかも自分から指示はあまり出さず、選手たち自身にメニューを決めさせた。監督との会話に付いていくには、知っておかなければならないことが山ほどあった。陸上部員の大半は中学からの経験者で、一通りの基礎知識があった。それまで運動をしたことのなかった私は当然何も知らず、疑問だらけだった。

なぜ速い人と遅い人に分かれるのか？　速く走るためには何をしなければならないのか？　筋肉はどんな仕組みになっているのか？　何をどう食べたらいいのか？

同級生の中には、全日本中学の一〇〇メートル走チャンピオンも、茨城県の幅跳びチャンピオンもいた、そのほかの部員たちも、関東レベルで通用する選手ばかりだった。高校を卒業してから知ったのだが、実は監督も大学時代に全日本学生選手権で何度も優勝している選手だった。

私はその監督から、あきれられ、褒められ、驚かれながら、だんだんと会話が成立するくらいまで知識を得ていった。そして、身体《からだ》の感覚で理論を理解できるようになっていった。

実際、運動力学や運動生理学の科学的な根拠に基づくトレーニングを合理的にこなせば、結果は出た。監督の言う通りだった。あとは、他人の真似できない量をこなすだけで勝負が決まる。

痛快な「勝利の法則」

この時、人生で初めて、勝利の法則が存在することを体感した。

毎日毎日、いかに科学的なトレーニングをするか、そのことしか私の頭の中にはなく、それ以外のことをする暇もない。ネットで調べものができる時代ではなかったので、文献を求めてよく図書館に行った。トレーニング論の本を探して、通読して、記憶する。手間と時間がかかった。

でも、とにかく痛快だった。「他人が真似できない量の科学的なトレーニングをこなした奴が勝つ」という極めてシンプルな法則通りのことをすれば、本当に試合で勝てるようになるのだ。

中でも私の人生を大きく変えたのは、「他人が真似できない量をこなす」という部分だった。それは苦しい練習に耐えるとか、痛みをがまんするとかの話ではない。レベルが上がっていけば、そんなことは至極当然、誰もがやっているからである。

勝負がつくのはそこではない。勝負というものは、どれだけ多くのものをあきらめたのか、いったい何を捨ててきたのか、で決まる。なぜなら、どんな人でも一日は平等に二四時間しかないからである。

学校生活を楽しみ、勉学に励み、部活動も全力でやる。文武両道、高校生ならばそこを目指すべきだし、今の私もそれを勧める。しかし、高校生活で体得した私の最大の財産は、「最後はより多くのものを捨てた者が勝つ」という勝利の法則だった。

きっかけは「県のブロック大会で三位以内に入って賞状をもらいたい」だったが、それがかなうと、今度はそこで優勝したくなった。それが実現すると、次はブロック大会ではなく県大会で優勝したくなった。それも到達すると、今度は全国に出たい、ジュニアオリンピックに出たい。欲しいものはどんどん大きくなっていった。

気がつけば高校三年の秋、普通の生徒なら運動部を引退する時期だが、できるわけもするつもりもなかった。すでに日本体育大学へ、特待生として入学することが決まっていたからである。

陸上競技の短距離は、秋から春までの気温の低い時期がシーズンオフになる。翌年の春、つまり大学一年生のシーズンインの時から大学内での争いが始まる。日体大の陸上部には全日本ランキング上位者が多く集まり、部員は八〇〇名を超していたが、全日本の対校戦に出られるのは各種目二名しかいない。この二つの座席をめぐり、学年を越えた争いが始まるのだった。

大学での活動は、部活という生易しいものではない。学生時代の成績は、プロスポーツ選手として稼いでいく序章となるからである。出す結果によって人間としての価値が決まってしまうのだ。対校戦に出られる二つの座席の争いに勝てれば、少なくとも就職に困るようなことはない。

あらためて振り返ると、私は一五歳から二二歳の七年間、人生で一番身体が元気な時期に、徹底的に身体を使って勝利の法則を体感していた。この経験は私の本気《マジ》に科学的アプローチの重要性を教え、後の行動原理を基礎づけた。

約束された体育教員への道

大学四年生の秋には、茨城県で高校の体育教員として就職が決まった。それは就職試験に合格したというより、二つしかない対校戦選手の座席を獲得しているから職の口もついてきたようなものだった。

高校の体育教員になることは、私が日体大に入学した目的でもあった。

高校時代の私は、競技者としてはそこそこのところにまで行けたが、勉学、素行共に問題含みで、選手としての下駄をはかせない限り進学どころか、進級もできない生徒だった。事実、大学も競技者として私を「採用」したのであり、学生として勉学に勤《いそ》しむなんて、大学側も私もまったく想定していなかった。

自分でも普通の学生ではないことはわかっていたが、走るのが速いという能力を最大限活用すれば、教師という職に就ける。まっとうな人生を歩んできた人たちの中にまぎれこむことができる。そしてこれが、高校から大学まで教科書を買ったことすらなかった私が、まともな人間になる最後のチャンスである。そう考えていた。

自分と同じように社会生活になじめないような青少年でも、何かしらに没頭すれば、きっと生きていく方法を手に入れることができる。それならば、自分は身体を動かす分野において、若い彼らの手助けをするべきなんだという意識もあった。

一般社会になじめない青少年もタイプはさまざまだが、何かをふっ切るためには、他人が「認めざるを得ない」「褒めざるを得ない」ような、他人に評価を「強要」できる自分になる努力をすべきである。他人に評価を託し、許してもらおう、認めてもらおう、褒めてもらおうと、待ちの姿勢をとるのではない。本気《マジ》でふっ切りたいなら逆だ。そういうことを生徒に教えるのは、自分の役割だろうと思っていた。

ところが、いざ高校の体育教員になることが現実になってくると、気持ちが変わってしまった。つまるところ、自分の一生は年下の高校生にギャアギャア言うだけで終わるのではないか、との疑念がわいてきた。

何かが違う、すっきりしない。その社会的意義についても納得し、ずっと目標にしてきた職業なのだが、就いている未来の自分の姿に興奮しない。

このまま行けば一生不完全燃焼で終わってしまうのではないだろうか。考え始めると、七年間憧《あこが》れて、目指してきた体育教員になる気が失《う》せてしまった。

教員になれば、まっとうな人生を歩んできた人たちの中にまぎれこむことができる。そんな計算をしていた自分の態度が心のどこかで引っかかっていたともいえる。スポーツを始めてすぐにのめりこんだのは、相手が認めざるをえない結果を出すことに魅力を覚えたからだ。なのに、その結果を利用して社会的に認められた職業に就くという、なんともケチな発想をしている自分が嫌だった。

体育教員になることは目的であり、憧れでもあった。ようやっとその立場にたどり着いたというのに、ここに来てモチベーションを失う。皮肉な話である。

軍国ばばあの昔話

そんな時、変わり者の母方の祖母が、

「昔は、あなたのように身体だけが丈夫な子は、不良だろうが何だろうが、予科練《よかれん》に行って、ちゃんと国に御奉公《ごほうこう》できたんだ。今は予科練っていうと立派なところだと思っている人が多いけど、『よたれん』って呼ばれて元不良の巣みたいなもんだった」

と言っていたのを思い出した。

この祖母を私は「軍国ばばあ」と呼んでいた。

軍国ばばあは、明治四一年（一九〇八年）、現在の愛知県田原市生まれ。一番の自慢は兄が陸軍の戦闘機パイロットだったことだ。その時代のパイロットは、アポロ時代の宇宙飛行士くらいの位置づけで、身体能力から学業成績、生活態度まで、すべてがトップクラスでなければならず、虫歯が一つあるだけでも選考で蹴《け》られたという。加えて軍国ばばあの兄は、色あせた白黒写真でもはっきりわかるほどの美男子だった。

昭和九年（一九三四年）、訓練飛行中に二六歳で殉職している。

もうひとつの自慢は、自分の父親が日露戦争に陸軍軍人として従軍し、銃弾を受けて負傷したことだった。よく『歩兵の本領』という軍歌の一節、

「〽万朶《ばんだ》の桜か襟の色　花は吉野に嵐《あらし》吹く　大和男子《やまとおのこ》と生まれなば　散兵綫《さんぺいせん》の花と散れ」

と歌いながら、その父親から聞いた話をしてくれた。

さらに、軍国ばばあから何度も繰り返し聞かされたのは、満州から引き揚げて来る時の話だった。連れ合いが南満州鉄道株式会社に勤務していた関係で、昭和一〇年に満州に行き、終戦を現在の北朝鮮「南浦《なんぽ》」で迎えている。米ソが分割占領し、ソ連の支配地域では日本人の移動が禁じられたため、そのまま昭和二一年九月まで、南浦に

て抑留生活を強いられた。

侵攻してきたソ連軍は軍服もまともに着ていない囚人兵ばかりで、当然ながら治安は最悪、腸チフスも蔓延《まんえん》、生き地獄だったと言っていた。しかし、ダイブイダフ大佐というソ連軍の憲兵将校宅に家政婦として入りこんでからは、大佐夫人に非常に可愛《かわい》がられて、だいぶましになったらしい。その夫人もソ連軍の将校で階級が少将だったという。それゆえか、軍国ばばあは晩年になっても流暢《りゅうちょう》なロシア語が話せた。

昭和二一年九月、祖母は子供五人を連れて南浦を脱出。昼間は橋の下などに隠れ、夜に山中をひたすら歩き三八度線を目指した。三八度線付近に障害物はなかったが、突破するときは銃声に追われながらであったという。韓国側にいたのは米軍で、にっこり迎え入れた黒人兵の歯が馬鹿《ばか》に白く見えたのを覚えていると言っていた。

そこから仁川《じんせん》港まで再び歩き、引揚船で長崎の佐世保にたどり着いた。列車で東京へ戻った時に焼け野原を見て、しばらく動けないくらいの衝撃を受けたそうだ。終戦から一年以上も経過しているのに、である。

その後も、女手一つで子供たちを育てた。孫の私が特殊部隊員となった時はもう認識できる状態ではなかったが、その一年後に九四歳で大往生した。

もともとの性格に、引き揚げ体験、戦後の混乱期を乗り越えた経験が加えられたからか、非常に気丈でそれ故《ゆえ》のトラブルも多かった。ただ、幼少の頃から同じようにトラブルメーカーとなる素質を匂わせていた私のことは、たいへん可愛《かわい》がってくれた。

なんでまた自衛隊なんかに？

だからなのか、私は職業を決める人生の中でもかなり重要な局面で、軍国ばばあの言葉を思い出してしまった。そして「軍隊に行けば、絶対に不完全燃焼はない。そうだ、軍隊へ行こう！」と一瞬で職業を決めてしまったのである。

次に考えたのは、陸海空のどこへ行くかである。

「陸軍か……。先の大戦の時ですら、本土決戦を決意できなかったんだ、海外に出ていかないというのなら陸軍の存在自体に意味がないよな」

「空軍か……。俺が第一線になるころには、飛行機はラジコンの時代になって、人がわざわざ乗ることなんかなくなっているだろう」

「残るは、海軍か。よし、海軍に入って、最近よく聞くシーレーンってものを守ろう！」

と、消去法で海上自衛隊に行くことを決めた。いったん決めると、私の意思は坂を転がり始めた石のように急加速し、どんどん強固なものとなっていった。

この頃は少子化のはしりと、第二次ベビーブーマーの入学に備えて大量に採用した教員が余り始めたタイミングで、教員の採用枠は非常に少なかった。

ただ、他の職種に関しては売り手市場だ。就職活動生が会社の説明会に行けば、ビール券などの各種ギフト券や自社製品をお土産でもらえた。内定が決まろうものなら、内定式と称してリゾート地にある会社の保養所へ学生を招いたり、内定を出した学生を他社に持って行かれないように、就職するまで研修という名のもとで海外旅行へ連れて行くような会社もあった時代である。

教員の道を蹴って人気のマスコミや総合商社へ行くというならまだしも、公務員になろうとしただけで「なんで？」と不思議がられる中を、３Ｋで暗い印象のあった自衛隊へ行こうというのだから、誰も私の話に耳を傾けてはくれなかった。

自衛官募集事務所に行くと、まず私の経歴を聞かれた。日体大の四年生で卒業も就職も決まっていると話したら、やたらに驚かれて、「体育教員をやめて、なんでまた自衛隊なんかに来るの？」と言われた。そして、「君は大卒なので幹部候補生学校にいくことになる」と説明された。

大学の合宿所に戻り、自衛隊のパンフレットを読んでいると、つくづく感心した。

「大学卒業者、及び卒業見込みの者」がこれほどまでに評価されることに驚いた。大学を卒業しているだけで自動的に国家公務員の幹部候補生になってしまう（実際は、候補生学校の受験資格があるにすぎない）。そんなに大卒って偉いのか。ピンと来なかった。

陸軍中野学校出身の父は

大学四年の晩秋、日体大生としての陸上競技が終了したことと就職に関しての報告を父にするため実家に行った。高校の体育教員に内定したことは、母に電話で伝えてあったので父もそれは知っていただろう。

非常に無口な父は、私が実家に帰ってきても自分から話しかけることはない。その日も私が食卓につくと、ただ一言、「好きなものから飲め」と酒を勧めた。

「卒業後は教員になる気でしたが、やめます。軍隊に行きます。海軍に行きます」

「ほう、海軍さんか」

いつものように無表情で、うなずく程度しかしないだろうと予想していたが、父は返事をした。そして、ほんの一瞬であったが表情を崩した。嬉《うれ》しそうな顔をした気がした。私が渡した幹部候補生学校のパンフレットを見ながら静かに言った。

「兵学校は金をかけているからな。（校舎は）今でも使えるんだろう」

「見せるものがないんでそれを持ってきたんですが、そこに行くわけじゃないんです。横須賀の海兵団へ行きます。二等兵で入隊します」

「そうか」

今度は、一瞬だけ驚いた表情を見せた。

それからは、饒舌《じょうぜつ》に知っている限りの帝国海軍の話をしはじめた。教員にならないことや、最下級兵士で入隊することに関しての会話は一切なかった。

ただ、最後に無表情な顔で私に尋ねた。

「（就職予定だった）高校には、もう海軍に行くことは話したのか？」

「まだです。明日、校長に話しに行きます」

「『精神修養のため、一時期、海軍に行く』と言ったらどうだ？」

心底驚いた。高校、大学の進学にも、何に関しても一切干渉してこなかった父がこんな細かなことにまで口を出すとは、あまりにも意外だったからである。

息子の私が仰天するほど、父らしからぬ発言だった。何をどう説明しようと、教員に戻れる可能性を残したまま自衛隊に入隊できるはずなんかないのに、その可能性を少しでも残そうとする言葉がつい口から出てしまったのだ。

ほんの一瞬見せた嬉しそうな顔と、裏腹な発言。やはり、親として嫌なのだ。息子を軍隊に行かせたくないのだ。

翌日、校長には父の助言とは正反対の言い方で内定辞退を伝えた。

これで、自衛隊以外に進む道がなくなった。退路は完全に絶たれた。

遺髪をおいての入隊

日体大の卒業式から自衛隊に入隊するまでの期間は、居場所がなかったので実家のひと部屋に住まわせてもらった。

この間、とにかく私物を処分した。高校まで使っていたもの、合宿所から持ってきたもの、服やら本やら使えるものは後輩に譲り、手紙やら文集やら使えないものは燃やした。毎日毎日、後輩へ荷物を送ったり、燃やしたりして過ごした。

そして入隊の前日、すっからかんになった部屋で父に遺書を書き、遺髪を同封した。

晩に、母が私に話しかけた。

「おばあちゃんがね、『明日の朝は、尾頭つきにお酒をつけなさい』って言うんだけどさ、あんた初出勤の朝からお酒臭くていいの？」

条件反射的に「いいわけが、ねえだろ」と思ったが、さすが「軍国ばばあ」だとも思った。今時、自衛隊に入隊するのに尾頭つきに酒を出すというのは、聞いたことがない。が、祖母は、そんな説明をしても納得する人じゃない。

「まあ、いいんじゃないの」

翌朝、台所に行くと不思議な光景が繰り広げられていた。

父が、アジの開きをつまみに朝から一杯飲んでいた。平日の朝だというのに、夕方の居酒屋みたいだった。尾頭つきといえば鯛《たい》だし、「軍国ばばあ」の意図していたのは父と私が一緒に杯を交わすことであって、アジの開きをつまみにお銚子《ちょうし》に入った燗《かん》酒《ざけ》を飲むことではなかったはずである。

父はとにかく黙って、出されたものを出されただけ食べる人だ。私は生涯にわたって、父が残したり、おかわりをしたり、「美味《うま》い」とか「不味《まず》い」とか言っているのを見たことがない。その時も、正月でもないのに、朝から燗酒が出てきたので不思議には思ったはずだが、黙って飲んでいた。

食事に限らず、父は、母のしたことを咎《とが》めたり、文句を言ったり、叱責《しっせき》するなどということは決してしなかった。むしろ無理矢理、理屈をつけて肯定したり、過剰に褒めたりする。だから母は何もわからないまま歳をとってしまった。一九歳で結婚して、何をしても肯定され続けた。

父と母は年齢が一四歳も違う。昭和二年生まれと一六年生まれでは、価値観から歴史観から人生観まで、何から何まですべてが違う。父が一七歳で蔣介石暗殺命令を受けた時、母はまだ三歳である。その半年後には終戦を迎え、日本は国としてすべてが変わった。

母は、満州の牡丹江《ぼたんこう》生まれだが、物心つく前から「軍国ばばあ」の、同じく満州に住む妹夫婦に預けられ、一人っ子として育てられた。空襲にもあわず、他の兄弟五人のように引き揚げの苦労も知らず、戦後の貧困も知らずに育っている。

小学校入学が終戦の二年後である。最初からGHQ統制下での学校教育を受けた。高校を卒業し、間もなく父と結婚した。父にしてみれば、妻というより、えらく歳の離れた妹か娘に近い感覚だったのだろうと思う。

母の人生観は、戦後の一般的な感性なので、迷えば両者を天秤にかけて、得と思える方を選択する。対して、父の人生観は、一般的とはいえないもので、そもそも迷わないし、迷ったとしてもやるべきだと思う方を選択する。それによってどれだけ損失を背負うことになっても、仕方がないことだとする。

幼少期の私は、接する時間の長い母親の影響を受け、損得を天秤にかけて進む道を決める感性だったし、世の中はそういうものだと思っていた。

それが思春期になると、そういう自分がひどく卑怯な奴だと思え始め、要するに父親の感性の方に自分の好みがシフトしていった。幼少期の私は父を怪訝な目で見て、ああいう大人になってはいけないと思いながら育った。思春期以降は、母をえらく卑怯な人だと思うようになっていた。

正反対の人生観を持つ二人が、対立することなく、非難しあうこともなく、共存し夫婦として仲良く暮らしている。不思議なものだ。

女々しいことをするくらいなら死を

朝食を食べ終えて、いよいよ家を出発する時に、玄関先で遺書と遺髪入りの封筒を父に渡した。

「二二年間お世話になりました。行ってまいります」

ずいぶん時代のズレた儀式のようだが、どういうわけだか、そうすることが当たり前だと思っていた。「覚悟をもって入隊の朝に……」とか「両親への謝意を遺書にしたためて……」というような気持ちのこもった意味はなかった。

ただ、その時の父の態度は生まれて初めて見るもので、私は強烈な違和感を覚えた。

父は、「はい」と遺書を受け取り、「ご苦労なことです」と私に軽く頭を下げたのである。

そのあまりにも他人行儀な言葉と態度に、「えっ、縁切り？　親子ではなくなるのか？」と一瞬、思った。

この時は、違和感だけで終わってしまったが、後々よく考えると、父と私とでは「公務に就く」ということに対する感覚がまるで違っていることがわかってきた。この朝、父が私に見せた態度は、

〝お前が私心を捨てる世界へ行くのなら、自分も親としての息子に対する私情を諦《あきら》める〟

という覚悟の表れだったのだ。

入隊することを話した夜に、「『精神修養のため、一時期、海軍に行く』と言ったらどうだ？」などと、わけのわからないことを言ってまで嫌がった理由は、そこにあったのだ。父にとって、息子が軍隊に入るということは、別の意味で親子の縁切りに近い覚悟が要るのだ。

尾頭つきのアジの開きを出してしまうような母も、さすがに強烈な違和感を私たちに覚えたのだろう。

「あんた、お父さんと握手をしてから行きなさいよ」

と一番言ってはいけないことを、一番言ってはいけないタイミングで言ってしまった。

母のすることには、無理矢理にでも理屈を付けて肯定してきた父だったが、この時ばかりは違った。

「わしには、毛唐のような習慣はない」

と静かに言って奥に行ってしまった。

それを黙って見ていた軍国ばばあは、絶好のタイミングを得たという表情で私に歩み寄り、痩《や》せた小さい身体から射るような視線を向けて言った。

「女々しいことをするくらいなら死を選びなさい」

さすが「軍国ばばあ」である。「女々しい」なんて、伊達《だて》や酔狂《すいきょう》で女性の口から出てくる言葉ではない。そして締めが「死を選びなさい」だ。

意味不明だったが、小さな老婆《ろうば》の発する言葉と気迫に圧倒された。また、そこに凛《りん》とした美しさも感じた。その美しさは「あなたがその世界へ行くのなら、私も孫に対する私情と決別する」という父と同様の覚悟の表れだったのだろう。

私は、軍国ばばあに向かって大きく頷《うなず》いてから、射るような視線を跳ね返して家を出た。

庭に沈丁花《じんちょうげ》の香りが漂っていたことを覚えている。

第二部　幹部になるまでの「学び」

変なことだらけの自衛隊

実家を出て、新宿の自衛官募集事務所に着いたのは午前一〇時前だった。

それまで見たことのある自衛官といえば、農閑期の田んぼのような薄茶色の制服を着た陸上自衛官だけだったが、この日、初めて海上自衛官の姿を目にした。黒のダブルのスーツに金ボタンの制服。妙に格好よく見えて、その海上自衛官に話しかけた。

「陸上自衛隊の制服とずいぶんイメージが違いますね」

「そうなんだよ。これは冬服だけどね、夏服は白の詰襟でもっと人気があるんだ。制服は海上自衛隊が一番格好いいかな。海上自衛官の中には、この制服が着たくて入隊を決めちゃったような人もいるからね」

着るものにあまり興味のない私だったが、偶然とはいえ、人気がある制服の海上自衛隊でよかったと思った。

「でもね、君はセーラー服なんだよ。この服を着るには階級が三つ上がらないといけない」

最下級の二等海士からだとそうなのか、女学生じゃあるまいし……と少し抵抗を覚えた。だが、もともとはセーラー（水兵）の軍服で、そちらのほうが本筋なのだ。

新宿の募集事務所から市谷の陸上自衛隊駐屯地へは、その海上自衛官が運転する車で移動した。わずか一〇分足らずの道中だったが、彼は助手席の私に向かって、ずっと自衛隊に対する愚痴をこぼしていた。

「この車、どこか変だと思わない？　ラジオがついてないんだよ。自衛隊の車両には、とにかく余計なものをつけてはいけないから、もともとあったラジオを外すんだよ。結果的に、ラジオがついている車より高くなるはずなんだ」

「わざわざお金を払ってですか？　なぜですか？」

「自衛隊はそういう変なことだらけでね。そのうち君も気にならなくなるよ」

市谷に着くと、彼はすぐに私を体育館のような大きくて天井の高い建物に連れて行った。そこは巨大な食堂だった。建物の外まで制服を着た自衛官の列がある。

建物に入ると列は長い洗面台に続いていて、そこの壁には「手洗励行」という貼紙《はりがみ》があった。制服を着た自衛隊員たちが、口にハンカチをくわえながら手を洗っている。私たちも皆と同じく列に並び、順番に料理の皿を受け取ってテーブルに着く。

「すごいだろ。食べ放題だから、足りなかったら何度でも並んでいい。しかも、無料だ」

「えっ、タダなんですか。いつもですか？」

「そうだよ。自衛隊では三六五日、一日三食、いくら食べても無料。住む場所もタダ。着るものも支給される。だから、給料全部が小遣いになるんだよ。普通の人なら衣食住に月一〇万円はかかるから、一五万円の月給だとしたら二五万円もらっていることになるね」

昼食を終えると、「横須賀教育隊」に向かう私たちのための壮行会があるという。自衛隊入隊予定者を現職自衛官が自衛隊の駐屯地内で激励するわけだ。

大きな部屋に案内され、私服を着た他の入隊予定者たちと並んで待っていたら、威厳を出そうとしているのか、頑張ってのけぞりながら歩く農閑期の田んぼ色の制服のおっさんが登場した。

「君たちは、船に乗って海に出るから、実際、国防に携わることになる。我々とは緊張感が全然違う。身体《からだ》に気をつけて、がんばってくれ」

激励にしてはピントがおかしい。どう考えても、自分は国防に携わっていないと宣言しているようにしか聞こえない。

他の人たちの反応はどうかと辺りをうかがうと、私服を着ている入隊予定者は黙って聞いているだけだったが、制服を着ている自衛官はこの意味不明な話にゆっくりと何度もうなずいていた。子供の頃に絵本で見た「はだかの王様」のワンシーンのようで滑稽《こっけい》なはずなのに気味が悪かった。それは、そこにいる自衛官の目がどんよりと曇っていて生気がまったく感じられなかったからである。

こんなふうに見てしまうのも私の癖かも知れない。なかなか当事者にはなれない自分がいる。どこか他人事《ひとごと》、第三者目線で見ている。

この日に初めて見た生の「はだかの王様」劇場は、以降、二〇年間在籍した自衛隊の随所でお目にかかることになる。心の内側とは裏腹に、ただ上官というだけで持ち上げる者と、持ち上げられているだけということに気づけない人間とが繰り広げる珍喜劇。

それにしても不思議な現象である。若い頃は誰もがそのからくりに気づいているのに、幹部になって四〇歳を超すと自分が持ち上げられているだけということに全員が気づかなくなってしまう。あの組織の体質の一面を表す典型的な光景である。

取り返しのつかない過《あやま》ち

謎《なぞ》の演説が終わると我々はバスに導かれた。

会ったことも話したこともない人たちが、誰それ構わず「がんばれよ！」「元気でな！」と真剣な眼差《まなざ》しで声をかけ、手を振ってくれる中、バスは『蛍の光』をバックに走り出した。

朝は昭和初期のような実家を出たが、この時は昭和三〇年代の集団就職みたいな雰囲気の駐屯地を後にした。

同期入隊になる同乗の面々といえば、虚勢を張っている愚連隊風の者、目も口も半開きで脳がまともに動いていないだろう者、入隊する前から軍服を着ちゃっているミリタリーマニア風の者の三種類しかいなかった。どいつもこいつも不健康そうな顔つき、身体つきで、祖国のためになら命を捧《ささ》げてもいいと考えていそうな若者は一人もいなかった。

しかし、そういう若者ばかりが志願してくるはずだと信じきっていた私は、「自分はたまたま『はずれバス』に乗ってしまったが、こういう間違えて来ちゃったような奴《やつ》らはすぐに辞めていくだろう」とたかをくくっていた。

約二時間後、バスは「横須賀教育隊」に到着。我々は屋上に集められ、グループ分けをされ、同じグループになった一六人は同じ部屋で生活をするように言われた。

手持ち無沙汰《ぶさた》だったので外階段の踊り場にあるベンチに座っていると、正面のベンチでしゃべっている二人組の話の内容が聞こえてきた。

「ここさえ出ちまえば、何にもすることがなくて、楽らしいぜ……」

「免許とかも取れるし、一応、国家公務員だもんな……」

この会話を聞いて、ようやく自分の思いこみを疑い出した。二人組は初めて見る顔である。バスには乗っていなかった。ということは、私はたまたま「はずれバス」に乗ったのではなかったのかもしれない？　もしや、ここ全域がはずれか？　これが現実なのか？

自分は取り返しのつかない過ちを犯してしまったんじゃなかろうかと思い始めた。

ろくに世間を知らない私が、自衛隊は祖国のためになら命を捧げてもいいと考える若者の集まるところ、と何を根拠に考えたのかは今もって不明だ。当たり前だ。根拠なんかない。

だが、そう思いこんだ私は、次々と退路を遮断していった。まずは就職が決まっていた高校の校長に辞退を表明し、期待してくれていた陸上競技関係者に引退を表明し、自分を取り巻く人たちにその決意を説明しながら、反対されればされるほど気持ちを強く固めていった。自衛隊就職に賛成した人は軍国ばばあのみ、何も言わなかったのは父だけ、他は全員大反対だった。

普通の生活と決別し、過去とのつながりを断ち切り、充実感と満足感と達成感を求めて自衛隊にやってきた。その真の実体が目の前に現れ、すべての希望と期待が突然消えた。

ともあれ、すでに自分はほかに行くところがない。

しかし、こいつらなんかと一緒に生きていけるはずもない。

わずか数時間前に、ここにはもうしばらく来ないだろう、という思いで実家を出てきた時の沈丁花の香りがひどく懐《なつ》かしく思い出された。自分の運が尽き果てたと感じながら、自衛隊生活の最初の夜を迎えた。

他律的な新兵教育の毎日

そんな失意の中で、新兵教育が始まった。

新兵の数は、四〇〇〜五〇〇人くらいいたと思う。毎週、上陸（艦艇勤務を基準とする海上自衛隊は、「外出」のことをそう表現する）が許可される日曜の八時には、一般のバスに乗りきれないために、教育隊の敷地内に臨時のバスが何台も入ってきて、セーラー服を来た新兵を満載して横須賀の街に向かったほどである。

午前六時に起床ラッパで飛び起き、そのまま五キロ程度のランニング、腕立て、腹筋、懸垂。洗面して、着替えてから、朝食をとる。食堂の入口には、ここでも「手洗励行」の紙が張ってあり、ちゃんと手を洗っているかを監視している人がいて、手を拭《ふ》く手ぬぐいを持っていないと取りに行かされる。

食事を終えると、居室の掃除をして、ベッドメイクをするが、これがまた病的で一〇円玉を落とすと跳ね返るくらいにシーツを張り、毛布を定められた形ぴったりに畳んで積み重ねなければならない。ロッカーの中も、定められたところに決められたものが整然と格納されていなければならない。掃除にしろ、ベッドメイクにしろ、ロッカーにしろ、規定通りにされていないと、我々が訓練をしている間にひっくり返されて滅茶苦茶《めちゃくちゃ》になっていた。

急いで居室の掃除などを終わらせ、午前七時三〇分には服装容儀《ようぎ》点検（作業服にアイロンがかかっているか、靴がピカピカに磨かれているか、など）を受けて、国旗掲揚《けいよう》台のある広場に行進して移動する。そして、午前八時には、ラッパ譜『君が代』（ラッパ吹奏の国歌）により国旗が掲揚され、揚がっていく国旗に対して総員が挙手の敬礼をした。

午前、午後は、昼食を挟んで基本教練（敬礼動作、回れ右、銃の取り扱い動作）、手旗信号訓練、カッター訓練（大型ボートを漕《こ》ぐ）、結索訓練（ロープワーク）と続いた。夕食を午後五時前後に食べてから、水泳訓練と甲板掃除（普通の掃除）があり、自習時間を経て、午後一〇時に就寝した。

失意のどん底にあってすべてにやる気のない私だったが、極めて他律的で、次から次へと追いまくられる生活を強いられた。ラッパで飛び起きて、気がつくと、消灯ラッパを聞きながら横になっていた。

塀の内側の山本五十六《いそろく》

入隊した私というより、あの教育隊の塀の内側に入っただけの私は、いきなり言葉に戸惑った。とにかく非常に古臭い言葉が多く使われている。いわゆる海軍用語である。

「前支えの姿勢をとれ」で腕立て伏せの姿勢。「立て付けを行う」は予行演習。「おりしけー」であぐらをかいて座る。「オスタップ」はバケツ。

生活様式も旧海軍からのものが多く、「袴下《こした》」と呼ぶ股引《ももひき》を履かされたし、貸与物品の検査前に数が足りないことがわかると「そんなもんギンバイしてこい」と言われ、他の分隊から盗んできて点検をくぐり抜けることもあった。ギンバイとは、銀蠅《ぎんばえ》が訛《なま》ったもので、食べ物に集まるハエから来ていて、もともとは食糧などを盗む行為だったそうだ。

ある日の検査は被服点検といって、制服などのチェックだった。私の班員の一人が、袴下が一つないと言うので、班長に相談すると教えられた解決策は「ギンバイ」だった。仕方なく、私が他の分隊の物干場《ぶっかんば》（洗濯モノを干す場所）からギンバイした。点検は全分隊が同時に受けるので、盗まれた分隊は指摘を受けることになるはずだが、どの分隊も指摘事項なしだった。班長曰《いわ》く、「海軍とはそういうところで、足りなくもないのに他人のものをギンバイする奴がいて、足りない者がギンバイを始めるが、最終的には元の鞘《さや》に収まり帳尻《ちょうじり》が合うのだ」とのことだった。すらすら言うが最終的には意味がわからない。

塀の内側の世界は、とにかく前時代に戻ったかのような錯覚にしばしばおちいる異空間だったが、それなりに楽しくもあった。

　教育方法もしかりで、旧海軍からの伝統を感じた。

「やってみせ、言って聞かせて、させてみて、誉めてやらねば、人は動かじ」

　この山本五十六の有名な言葉が、至る所に掲げられていた。なのに、行われていることは正反対で、指導者が模範の動作などを展示することはまったくなく、わずかな説明をしただけで我々にやらせてみて、「どうして、できないんだ！」と怒る。

　そこをしっかりと教えるのが教育であり、ここの指導者たちはおかしいと思った。ところが、実際はそうじゃなかった。相応の考えがあってのやり方らしかった。

　バブル期に自衛隊に来るような者は、私自身も含め、傾向として程度がいいわけがない。懸垂ができない者、じゃんけんを知らない者など、肉体的にも知能的にもちょっと普通じゃない奴が多かった。これが徴兵制だったらもっとすごい生き物が集まってくるわけで、そこに原点を持つ海軍伝統の教育は、少ない指導部で種々雑多な大集団の最低レベルを上げることに主眼を置いているのだ。そう考えると、実は理にかなっていた。

　飲みこみのいい者にまず習得させ、できない者には、その同期の模範動作を見せながら、永遠に何度も何度も真似《まね》をさせ、最終的にはできるようにしてしまうのである。

分隊内の構成は、一尉（大尉）の分隊長、三尉（少尉）の分隊士、ここまでが幹部、いわゆる将校で、その下に班長と言われる下士官が七人いた。分隊長たちは定年寸前の年寄りばかりで、でっぷりとした体型をしていて、時代遅れの金八先生のように、説得力のない理想論を熱く長々としゃべった。私の分隊長だけが四〇代で、我々を集めて独演会のようなことをしない人だったのは幸いであった。

新兵教育も三週間が経過すると、退職したいと言い出す者が増えてきた。そもそも強い意志を持って入隊したわけではなく、行くところがなくて入隊してきた者がほとんどだから当然なのである。

自衛隊としては入隊希望者が少ないのに、教育期間中に辞められたのでは人員の確保がままならないので、そう簡単には辞めさせなかった。すると、脱走者が出始めた。とにかく安易な道、安易な方法に流れる者だらけだから、自然な成り行きである。

彼らは深夜に柵《さく》を乗り越えて出て行った。だが、自衛隊の服を着たまま深夜に横須賀の街を彷徨《さまよ》うしかなく、どいつもこいつもすぐ捜索に出た班長たちに捕まった。

海上自衛隊に入隊した直後の1987年5月。
二等海士のセーラー服姿で記念撮影したもの。

脱走と捕獲の日々に

そういう情けない脱走と捕獲の騒動が多発していた頃、私の分隊長が初めて我々分隊員を集めて話をした。

「私は、今まで時間に追われている君たちを説教する気はなかった。しかし、今日は別だ。

君たちはここに何をしに来たのだ？　楽しい生活をしにきたのか？　だったら、すぐに辞めなさい。誰が反対しようと、今日中に私が辞めさせてあげる。何かをしたくて来たのなら、今が人生で一番無理が利《き》く時期なんだ。がまんしてやってみなさい」

せいぜい一分程度だったが、分隊長のこの話で、安易な道と愚鈍な方法に流れるだけの彼らが変わった。みるみる精気が出てきたのである。分隊長は静かな口調で淡々と語っただけだ。それでも明らかに、彼らの心の奥に潜んでいる「何かに打ちこんでみたい。何かを、やり遂げてみたい」という感情のスイッチをオンにしたのだ。

話し終えた分隊長の顔がすごく格好よく見えた。そして、突然、私は思いついた。

「幹部だ！　分隊長のように、幹部になればいいんだ。幹部は違うはずだ。自衛隊以外、もうどこにも行くところはない。俺は幹部になるしかない」

そう考え始めると、目標ができたからか、私も元気になってきた。すぐに担当の班長のところへ行って、「幹部候補生の試験を受ける」と告げた。急に向学心がわいて、生まれて初めて机に向かって勉強することにワクワクした。

上陸が許可される日曜日を待ち、作業服からセーラー服に着替えた私は、横須賀の街へ『海上自衛隊幹部候補生学校過去5年間試験問題集』を買いに出た。

教育隊に戻って、作業服に着替えると急いで自習室へ行き、張り切って問題集を開いた。その一ページ目に、「文系の学部を卒業した方《かた》は○ページから、理系の学部を卒業した方は□ページからの問題を解いてください」との注意書きがあった。

いきなり、意味がわからない……。

世の中には文系か理系の人しかいないのか。自分はいったいどっちなのだろうか。文系と理系という言葉は、「社会が得意な人」と「算数が得意な人」を意味すると思っていた。それがどうやら卒業した学部によって決まるものらしい。

でも、私は自分が日体大の何学部を卒業したのかを知らなかった。仮に知っていたとしても、それが文系なのか理系なのかわかるはずがなった。なぜなら、三十年近く経《た》った今でもわかっていないからである。体育学部卒なのだが、それは何系だ？

とにかく解けそうな方をやってみようと思い、まずは理系、次に文系の問題を見た。

ざっと見終えて途方にくれた。さっぱりわからない。漢字もろくに読めない。頑張るとか努力するとかではどうにもならないほど、かけ離れたものを相手にしようとしている無謀を感じた。当然である。振り返るに、私は中学校の後半から教科書を開いたことがない。高校と大学では教科書を買ってすらいない。大学は、グラウンドと合宿所以外の施設に行ったことがない。

そういう私が、受けようとしている幹部候補生学校の試験は、中学から受験をして高校に入学し、高校でもまた一所懸命に勉強をして、ちゃんと進級して、さらに大学受験をして受かって、大学でも勉強をして卒業した人たちを振り落とすためのものである。勉強のべの字も頭になく生きてきた私が見ても、さっぱりわからなくて当然なのである。

脳ミソは筋肉でしかなかった

人間にも、事をなすのに外せない時期、旬《しゅん》がある。

あらゆる種類の勉強には、小学生は小学校時代に、高校生は高校時代にしなければならないことがあるのだ。然《しか》るべき時にちゃんと脳へ刺激を与えておかないと、後からいくら頑張っても機を逃している場合が少なくない。同様に、高校生の年齢でやっておかないと身につかない身体感覚もある。

勉強も運動も両方やれば文武両道で理想的な高校生活だが、実際はどっちつかずになりやすい。頑張ればどちらもそこそこのレベルに達し、少しの劣等感とそれなりの優越感を抱きながら普通に生きていけるだろう。だが、人並み外れた高いレベルで勝負するところまでは到達できないので、強い達成感や満足感を覚えることは難しい。

逆にどちらかを捨て、そのぶんの空いた時間を片方にかけた者は、自分の選んだ世界で第一線にいるライバルたちと勝負ができる。ただし、その勝負の土俵に居続けるだけの結果を残し続けなければ飯は食えないし、途中から道を変えることも難しい。

私がまさにそのパターンだった。運動に関しては全身全霊をもって努力をしたし、それなりの結果を出し、高校の体育教員になるところまでは来た。しかし、結果、私はそれしかできない、そのための脳しかない人間になっていた。

この厳しくも至極当然の現実を理解せず、簡単に生きる場所を変えてしまった。たった一つだけの道で繰り広げられる過酷な競争に勝ち抜き、やっと飯が食えるところまでたどり着いたのに、「不完全燃焼の人生になるかもしれない」などという妄想的な恐怖感から、現代日本における「軍隊」の実態も調べず、ただの思いこみと勢いでこんなところに来てしまったのである。自衛隊はまず、普通の勉強ができないと話にならない組織だったのだ。

今さら、後悔してもどうにもならないことはわかっていた。何をどうすべきだったのか、何度も考えた。「人並みに机に向かえばよかった」とも思ったし、「あのまま高校の教員になってしまえばよかった」とも思った。これまで自分が心血を注いできたことが、まったく生かせない道を選んでしまった過ちを思い知った。

自衛隊に入ると決めた時、ほぼすべての人から忠告されたことが、最悪の現実となって目の前に現れ、たった一つの希望であった「幹部になる」という灯火も消え、「やっぱり俺はすべてを失ったんだ」という思いに打ちひしがれたのである。

とは言いつつも、私は心の底でまだ諦《あきら》めていなかった。その証拠に、『海上自衛隊幹部候補生学校過去5年間試験問題集』の中にある受験資格の説明ページを見ていた。受験資格は「二六歳未満（ただし、自衛官は二八歳未満）」と書いてあった。

俺は自衛官だから、試験を五回受けられる。五回もあるんだ、何とかなるだろう。一年や二年の浪人をして大学に行く人がけっこういるんだ。こっちは五年も浪人できるんだから、合格できるかもしれない、と思った。

よくよく客観視してみると、私の勉強脳は中二の終わりで止まっていた。合格するには、中学の残り一年間、高校の三年間、そして大学の四年間を追いかけなければならない。普通のスピードで進めば、最後の受験資格の時にやっと大学一年生の勉強をしていることになる。なら、二倍速で進めば……。

生まれて初めての試験勉強

ごちゃごちゃ考えたが、とどのつまりは、中学三年生からやり直すしか方法はなかった。そして、何年かかろうが、この問題が解ける人たちの仲間入りをして、その人たちとの競争に勝たなければならないのだ。それ以外に選択肢がない。

選択肢が一つなら何も考えずにやるだけである。

また作業服からセーラー服に着替え、横須賀の街に出て行き、中三の数学や英語など、全部で五冊の問題集と参考書を買って戻った。

かすかな記憶をたどりながら、生まれて初めて真剣に勉強した。一日のうち机に向かえるのは、夜の自習時間の二時間、土曜の午後と日曜の丸一日。とにかく机に向かった。

こう書くと塗炭《とたん》の苦しみをなめたみたいな感じになるが、実はそれなりに楽しかった。参考書には、ちゃんと理屈が書いてあり、ぜんぶ筋が通っている。

私は勘違いをしていた。勉強って、ごますり坊っちゃんがする暗記合戦だろうと思っていたのだ。本気で取り組んでみたら、全然、違っていた。筋の通った道理を理解して、その通りに考えていくと、しっかり答えが出るようになっている。

こりゃ、頭がいいとか悪いとかとは、関係のない世界だ。言われていることを素直に受け止めてやるかどうかの問題である。実際にそうすると、使われたことのない脳に電気が通り始め、通れば通るほど抵抗値が下がって、脳が活性化していく気がした。

勉強っていうのは、自分がやっていたスポーツと同じじゃないかとも思った。いや、それよりはるかに平等というか、素養が必要ない。誰でも道理を頭で理解すればできるようになっており、その道理は単純で文字で理解できるものだし、学校では寄ってたかって先生という人が仕事でその道理を説明してくれる。

スポーツの世界では、科学的で合理的なトレーニング方法の道理を頭で理解しても、身体感覚で納得しなければ身体を操作できるものではないし、学校にいる先生は課外活動の責任者であって、それを本業としているわけではない。

また、勉強のほうは、出題者と解答者が勝負のかかった敵同士ではないので、引っかけ問題はあってもそこに悪意に満ちた思いはないし、相手の心を折ろうとする心理戦もない。むしろ、問題をじっくり読むと答えが複数発生しないように気を配り、誤解のないように神経を使うあまり、解答へのヒントが問題の随所に散らばっているイメージさえ受けた。

こうやって、二二歳にして中学生向けの問題集を解きながらわかったような気になると、いつも『過去5年間試験問題集』を開いた。そして、必ず、たまらない不安と絶望に襲われた。

「こんなことをチマチマやってたって、試験問題が解けるようになるわけがない。受験資格の上限年齢である二八歳になるまで自分の時間すべてをつぎこんで、当然のように不合格となるのだろう。だったら今のうちにやめてしまおう」

と何度も思った。

不安をふり払いたくて再び机に向かって活字を追う。わからなくてもとにかく読む。そうしていると、全部自分の都合なのに、何か世の中のためになることをやっているような気分にもなった。

「幹部になるための試験」

そうこうしているうちに、季節は春から梅雨に移った。

私は班長に呼ばれ、「来週の月曜が幹部候補生学校の一次試験だからな」と言われた。

〝しまった……〟

まだ、中三の勉強で四苦八苦だった私は、班長に「試験を受ける」と告げたままであることに気づいた。直前になって、「今年はやめます」とも言えない。それに、試験を受けるためとはいえ、塀の外に出られる「上陸」は魅力的だった。

まあ、いいか、どんなものなのか見てみよう。その程度の軽い気持ちで試験を受けに行くことにした。

試験は、私がいる横須賀教育隊からバスで一時間ほどの第二術科学校で行われた。海上自衛隊のエンジン関係の教育を行うところである。

会場に着くと、似合わないリクルートスーツを着た、バカに色白で髪の長い大学四年生がたくさんいた。今までの人生では、ほとんど見ることのなかったタイプの集団である。

私には、「不健康そうに見えるこの人たちが自衛隊に入ろうとしているのか。大丈夫かよ」と感じられた。向こうも私を見て、「あのセーラー服を着ている色黒で健康だけが取り柄みたいな男はいったいなんなのだろう。大丈夫なのか」と思っていたことだろう。

指定された机に座っていると、試験官が会場に現れた。私の苦手な「文系の方《かた》」「理系の方」という言葉を多用して、試験問題の選択方法を説明し始めた。問題を見てからどっちにするかを決めようと思っていた私は、ぼんやり聞いていたが、突然、閃《ひらめ》いた。そうだ、それそのものについて質問してみよう！

早速、手を挙げて質問をした。

「あの、文系か理系かわからないんですが」

「えっ、わからない？　何学部をご卒業ですか」

「それがわからないんです」

「えっ、所属していた学部がわからない？　どちらの大学ですか？」

「日体大です」

「それは、体育会系、ですかね」

冗談のつもりだったのだろうが、誰一人クスリともせず、冷たい空気が会場に流れた。

「うーん、文系・理系のどちらで受験するかは本人の自由ですので、ご自分の得意なほうで受けてください」

「はい」

両方とも得意じゃねえよ、と思った。

近くに座っている受験者たちは、私と目が合わないように、しかし、こちらの様子をうかがっている。この会場のみんなは俺を「ヘンな奴」と思ってるだろうな。どんな素性か、想像もつかないかもしれないな。

だいぶ恥ずかしかった。でも、まったく理由はわからないが、卒業した学部すら知らない自分が誇らしくもあった。

「では、今から解答用紙を配ります」

配られて名前を書いた紙を見て、びっくりだ。白い丸がたくさん並んでいる。マークシートじゃないか。今年から変わったのか。これなら少なくとも解答はできる！

「はい、では開始してください」

問題を、理系、文系の順に眺めてみた。予想通り、わかる問題は一つもない。私は静かに問題用紙を閉じた。

試験会場の全員が必死で問題に取り組んでいる。その中で久しぶりの「塗り絵」をした。丁寧に丁寧に時間をかけて解答用紙の白い丸を塗り潰《つぶ》していくのだ。それでも、ものの三〇分で必要な塗り絵はすべて終了してしまった。

一人だけ退出可能時間と同時に試験会場を出た。試験を受けるための上陸中に酒を飲むなんてご法度《はっと》だが、教育隊の前にある飲み屋に寄り、ビールを一本頼んだ。

店のおばさんが、声をかけてきた。

「どこに行って来たんだい」

「試験を受けて来たんです」

「へえ、何の試験」

「将校になるための試験です」

「偉いんだね。合格するといいですね。ビールもう一本飲みなさいよ。おばさんがごちそうするよ」

横須賀という土地柄なのだろう。特に年配の人は水兵に友好的であった。「将校になるための試験」は、その実「塗り絵」にすぎなかったのに。罪悪感を覚えつつ、ごちそうになったビールを飲み干し、教育隊に戻った。

分隊長の呼び出し

それから一か月後、班長がいきなり私に声をかけた。

「伊藤、分隊長がお呼びだ」

分隊事務室に入ると、分隊長は言った。

「おめでとう」

ピンと来た。幹部候補生学校のことだろう。間違っていたら格好悪いので、とぼけて答えた。

「えっ、何のことですか？」

「君は、きちがい部落に行くことになるかもしれない」

「何ですかそれは？」

かなり問題のある表現だとは重々承知しているが、常軌《じょうき》を逸して規律にうるさい幹部候補生学校を、自衛隊では実際にそう呼んでいた。

「赤レンガだ」

「あっ、はい。ありがとうございます」

赤レンガとは、広島県の江田島にある幹部候補生学校のことである。

分隊長に「おめでとう」と言われた時点で、実は、「やっぱり」と思った。受験の時から何となくそんな気がしていたのだ。塗り絵をしながら、「俺はきっと合格する」と感じていた。塗り絵に救われただけの話で、論理的にそんなことはありえないのだが、なぜかほぼ確信に近いものがあったのである。

まともに考えれば、合格するはずのない一次試験の合格通知を聞いて嬉《うれ》しかったはずなのに、それより「二次試験で落ちたら終わりだ」と心配になった。なぜなら一次試験の合格は奇跡なのだ。せっかく起きた奇跡を、途中で終わらせるわけにはいかない。

二次試験は、小論文と面接である。合格通知の翌日から、分隊長による面接の訓練が始まった。

「節度だ。節度がない。節度をつけろ！」

「お前はリクルートスーツの中で一人だけセーラー服を着て二次試験を受けるんだ。節度のあるところをしっかり示せ！」

毎日毎日、分隊長は動作の訓練をしてくれた。最初の頃は、二次試験の不安が強かったこともあり、分隊長の訓練をありがたく思った。しかし、いつもいつも「節度」ばかり言われて、なんだかなあと首をひねるようになった。普通に考えても節度より、面接官の質問にどう答えるかの方が大切であるはずだ。

私は二次試験で、面接官に自分の想《おも》いをぶつけてやろうと考えていた。「君は何で幹部になろうと思ったんだ」と聞いて来るに決まっている。そうしたら、日体大からどうして海上自衛隊に入ろうと思ったのか、入隊の日に何があってどうして幹部になるしかないと思ったか、どれくらい勉強をして、でもマークシートには塗り絵をして、どれくらいの奇跡が重なったからここにいるのか、それら全部を話してやるつもりだった。

面接の受け方としていかがなものなのか、それは知らない。が、そうしてみて不合格になったのならしょうがない。俺は幹部なんかに根っから向いてないということだから、他の道を探すしかない。

自分をさらけ出して通用しないのなら、諦めもつくというものだ。

横須賀教育隊二五一期練習員

二次試験は、一次試験と同じ場所で、新兵教育の修業式の日に行われた。

たかだか四か月半の教育期間だったが、最後のけじめはきちんとつけたかった。起床と同時に走り、腕立てと腹筋をして、甲板掃除をし、アイロンをかけ、靴を磨き、国旗に敬礼し、カッターを漕ぎ、手旗をやり、泳いで、匍匐《ほふく》前進した。

一六人部屋で一緒に集団生活をしていた同期は、普通の高校生活を送り、普通の核家族で育った者がほとんどである。合宿所で集団生活にも慣れていて、体育大学の特待生で体力的にも余裕のあった私からは想像できないくらいの肉体的、精神的苦痛があったと思う。

だから、余裕のない当初はよく揉《も》めていたが、時が経つにつれ同期としての絆《きずな》は強くなっていった。新兵教育はさっさと終わって欲しいが、同期と別れたくないという気持ちはみんな持っていた。

修業式を終えると、同期は新赴任地に向かって全国に散っていくのに、私は二次試験があるから修業式に参加できない。

事前にちゃんと別れを告げようかと思ったが、まだまだ若く、感受性の強い彼らだ。ビービー泣くに決まっているので、彼らには何も言わずに一人ひっそりと隊舎を出て、試験会場に向かった。

バスで約一時間移動し、会場に到着すると、受験番号と面接試験を受ける部屋が張り出してあった。指定された部屋へ向かうと、部屋の前に椅子《いす》が五つ置いてあり、同じ場所で面接試験を受ける人たちが座っていた。

「四六番の方」

「はい」

コンコン。ノックを二回してから、面接室に入った。

面接官は三人いた。全員が銀縁《ぎんぶち》の眼鏡をかけて無機質な感じだった。真ん中の人だけが四〇代で両端の二人は三〇歳前後のように見えた。年齢のせいか若い二人は表情が硬かった。

右端の面接官がその硬い表情を崩し、あらかじめ資料でわかっているだろうに、びっくりした顔を作って尋ねてきた。

「君は練習員か？」

「はい、横須賀教育隊の二五一期練習員です」

こんどは真ん中の面接官が聞いてきた。

「君は何で幹部になろうと思うのかね？」

ハイ、待ってました、だ。それから一人で延々二〇分以上しゃべった。面接官は一言も口を挟まず聞いてくれた。

「だから、私は今ここにいるんです。どうしても幹部になりたいんです」

そう締めくくると、真ん中の面接官が言った。

「もちろん、私が君を合格させる約束はできるわけもない。だけどな、私の持っている力のすべてを使って、君を幹部候補生にするべきだと説明して回ることは約束する。幹部になった君とぜひ一緒に勤務したいと思っている」

すーっとした。終わった。これで俺のお膳立《ぜんだ》てできることは、ぜんぶ終わった。あとは、結果を待つだけだ。一気に気持ちが楽になった。

これは、ある意味「試験」ではなかった。「試験」というのは、相手から高い評価を受けようと苦心惨憺《さんたん》するものだ。だから、実力が発揮できるように工夫をしたり、実力とは別の部分でいいイメージを与えるために体裁を繕ったりもする。

この時の私は、ありえない幸運が重なって一次試験を突破していた。おそらく、受け直したら二度と一次試験に合格しなかっただろう。ということは、何が何でも面接試験を合格しなければならず、まさに人生の分岐点、天下分け目の面接試験だったのだ。

しかし、面接官の質問に、模範解答をして高い評価を得ようという気はなかった。逆に、自分の主張、自分の感情を面接官に聞かせようとしていた。自分がなぜその組織に属したいのかという気持ちをすべて伝えて、ありのままの自分を見せるから、どうそお好きに合否判定をしてみてください。そんな心境だった。

若気の至りのなせる業だが、この組織は必ず自分のことを欲しがる、必要だと思うはずである、という根拠なき自信があった。

こんなことは若いうちしかできない。若者が試験、特に入社試験に臨む時は、守るものなんかないのだから、ぜひそういう気持ちで受けてもらいたいものだ。


「命より大事なものは？」


二次試験を終え、バスに揺られて教育隊に戻ると、隊舎はもぬけの殻だった。がらーんとして真夏なのに寒いような気がした。

〝みんな、行っちまった……〟

会ってすぐに、こんな奴らなんかと生きていけない、自分が幹部になるしか生きていく方法はない、と思った。だが、つき合っていくうちに「こんな奴ら」ではないことが少しずつわかってきた。

全員とまでは言わないが、ほとんどの者はやっぱり国のために命を捨ててもいいと思っていた。「国のため」とか「命を捨ててもいい」という明確な言葉が出てくるわけではないし、心の奥に秘めた明確な意思があるわけでもない。

しかし、心の奥の奥には、もやもやとしていて、まだ形になっていない「社会の役に立ってみたい」気持ちや、「個人の利より公《おおやけ》を重んじる生き方」に対する憧《あこが》れのようなものがあった。そういうことを考えることすら、変な人や危ない人とレッテルを貼られかねない時代風潮があったので、自分の想いを心の奥の奥に押しこめていたのである。「国のため」などと口に出したら、「頭がおかしいと思われる」という不安が彼らから言葉を奪っていたように思う。

今、私は、新兵同期（横須賀練習員二五一期）に会いたい。三〇年前の彼らではなく、全員五〇代になろうという今の彼らに会いたい。そして、声をかけたい。


「あの時の想いは、どうなった？」

「そのまま持ち続けているか？」

「いつの間にか、しぼんでねえか？」

「いつの間にか、生活の中に埋もれちまってねえか？」

「命より大事なもののために生きてみようと集まったんじゃねえのか？」

「命より大事なものが自分の生活の中に埋もれちまうって、そんなことあるのか？」

「本当は、命より大事じゃなかったんじゃねえのか？」

「それとも、いつしか命より大事じゃなくなっちまったのか？」

「俺だって身に沁《し》みてんだ。情熱を維持しながら生活していくのは、確かに難しい。でも、言い訳だけはしないようにしている。生きていくって大変なんだよ、とかな。俺は強いわけでも筋が通ってるわけでもない。少しでも言い訳と正当化を始めたら止めどなくいっちまうから、絶対にしねえと決めてんだ。それだけの話だ」

　時折、新兵の同期が言い訳する場面を頭の中にでっち上げ、自分に問いかけている。

軍艦乗りの始まり

　新兵教育を終了すると、横須賀を母港とする「むらさめ」という軍艦に最下級兵士として配属された。

　新兵教育の四か月半では、基本的なしつけと組織の概要を教えてもらったに過ぎず、艦上での仕事に関することはすべて、配属された部隊で勤務を通して学ぶことになっている。

　私は電信室の所属となった。通信に関して何の教育も受けていないので、受信した電報を主要幹部に回覧することくらいしかできず、それが主な仕事だった。他には、

最下級兵士として配属された「むらさめ 初代」。当時でも旧式の艦だった。

幹部用食堂での給仕、幹部用浴室の管理、幹部私室の掃除などを行う「士官室係」、兵隊用食器の洗浄を行う「シャリ番」など、艦内での雑用をいろいろ任された。

「むらさめ」に着任して二日後が初出港だった。

「出港準備、艦内警戒閉鎖」

艦内放送が流れたが、何の意味だかわからず、先輩の電信員に聞いた。

「何ですか、今のは」

「出港の三〇分前にかかる号令でな。電信室としてやる作業は、ここところこのハッチを閉めることだ」

と教えてくれた。

「準備できしだい出港する。航海当番配置につけ」

また艦内放送が流れたので聞いた。

「航海当番って何ですか？」

「艦橋とか機械室とかにいる人だ。停泊している時には必要ないが、航海している時には絶対に配置されていなければならない」

先輩は面倒くさがらずに教えてくれた。

「出港よーい」

号令に引き続き、出港を告げるラッパが鳴った。

「これで、岸壁と艦をつないでいる〝もやい〟というロープを解いて航海状態になるんだ」

「はい」

私は初めて知るすべてに、いちいち感心していた。

「むらさめ」は横須賀港を出港し、浦賀水道を南下した。夏真っ盛りの八月で、ほとんど無風状態、しかも東京湾内でうねりもない。海面が鏡のようなベタ凪《なぎ》である。ところが、だ。すでに私の景色は、ゆっくりと回転していた。

船酔いである。出港して三〇分、間違いなく艦内でただ一人だっただろう。

兵隊用の便所にたどり着けず、近くにあった士官専用の便所に駆けこんだ。胃の中はとうに空っぽなのに、嘔吐《おうと》が止まらない。そのうちに士官用便所に兵隊がいると知られ、やたらと怒っている先輩水兵に連れ出されて延々と文句を言われた。

しかし、そんなことは、どうでもよかった。それよりも、この状態がいったい全体いつまで続くのかの方が問題で、二四時間なのか、四八時間なのか、永遠なのか、さっぱり見当がつかなかった。

車と違って船酔いは、乗り物が止まったっておさまらない。第一、艦からは降りられない。艦のどこに行っても同じように揺れている。この揺れから逃れたいのなら、海に飛びこむしかない。

横になってがまんするしかないのか。いや、そんなことはできない。私は客船に乗っている客ではなく、軍艦に乗っている最下級兵士である。休むとか、ベッドに行くとか、許されるわけがない。どんなに辛《つら》かろうが、容赦なく雑用が回ってくる。こなすしかない。

結局、入港するまでの一週間、ほとんど何も食べなかった。食べられなかった。水をちょっと口に含むのが精一杯だった。

入港したのは伊豆の伊東港だった。軍艦が横づけできる岸壁はないので、沖合に投《とう》錨《びょう》した。上陸が許可され、ようやく地面に足を着けることができても、船に乗っているようにふらふらしていた。陸酔《おかよ》いである。

アジフライと感謝の言葉

食欲も戻らない。でも艦に戻ったら、またあの状態になるのだろう。今のうちに食べておかねば、と海沿いの居酒屋に入った。

注文をとりに来た割烹着《かっぽうぎ》姿のおばさんが、

「何にしますか？」

と聞きながら、沖に浮かんでいた「むらさめ」を窓越しに見て、厨房《ちゅうぼう》の男に言った。

「お父さん、あんなところに軍艦が泊まってるよ」

「ビールください。私は、あれに乗ってるんです」

「へえ、そうなの。大変だね、ご苦労様だね。お父さん、この人ね、軍艦に乗ってるんだって。何かおいしいもの作ってあげてよ」

そのお父さんという人は一言もしゃべらなかったが、すぐにおばさんが瓶のキリンビールを持ってきてくれた。

小さめのグラスにビールを注いで飲もうとするも、やはり躊躇《ためら》いがある。冷えたビールに驚いて胃が痙攣《けいれん》するかもしれない……。もうどうにでもなれ、と一気に飲んだ。食道を通って胃に入っていくのが全部わかった。これこそが五臓六腑《ごぞうろっぷ》に染《し》み渡るってやつだ。

今度はおばさんが、料理を持ってきてくれた。内心がっかりだった。一週間ぶりの食事だというのに、あまり好きではないアジフライだったからである。

それが一口噛《か》んで、びっくりだ。これまで食べてきたアジフライは、すぐ歯に骨がガリッと当たったのに、肉厚の白身がふわっとしていて、そこから旨《うま》みがあふれ出てきた。ビールに引き続き、身体《からだ》に染みこんでいった。

それから他に何を食べたかよく覚えていないが、お金を払おうとすると受け取ってもらえなかった。仕方なく、

「また来ます。ごちそうさまでした」

と頭を下げたら、おばさんはこう言った。

「身体に気をつけてね。いつも、ありがとう」

何だろう、「いつも、ありがとう」って？　海に向かって歩きながら、自分はおばさんに感謝されるだけのことをしているか、いやしていない、と思った。

この時代の自衛隊は、「戦争屋は、帰れ」と怒鳴られたり、「税金ドロボー」と唾《つば》をかけられたりした。なぜか、私はそのような目にあったことが一度もない。むしろ、いつもご馳走《ちそう》になったり、お礼を言われたりした。

巡り合わせの問題なのか、悪い情報の方が伝わりやすいのかわからないが、仮に私がそういう目にあったらどう反応するだろう。逆上するだろうか、自分を不甲斐《ふがい》ないと思うだろうか。いずれにせよ、怒りや寂しさといったマイナスの感情がふくらむだけで、ロクなことがないだろう。前向きな行動を生むとは思えない。

しかし、「いつも、ありがとう」は、あれからずっと私の心に、心地よくもピリッとする刺激を与え続けてくれている。何かを為《な》さねばならないと思わせている。

ようやく、艦での生活に慣れかけた頃、太平洋上の「むらさめ」電信室で、幹部候補生学校の合格通知電報を受信した。

不思議と何も感じなかった。達成感も安堵感《あんどかん》もなく、「当たり前のことだ」と思った。

船については今でも弱く、二〇年も海上自衛隊にいて、一〇年以上戦闘艦艇に乗っていたが、船酔いはする。ただし、誰にも悟られない程度に抑える技を持っている。

それは実に簡単な技で、「信じない」ことと「踏ん張らない」ことである。この二つを知っていれば誰でも船酔いは抑えられる。

信じてはいけないのは床面である。人はみな床面を信じている。必ず水平だと信じている。同時にそこに立っている柱、壁は垂直だと信じようとする。船が揺れ出すと、床面は傾き出す。その時人は、床に垂直でいようと踏ん張る。壁や柱と平行でいようと何かにつかまろうとする。自分の中で感じている重力の方向を疑い、無視し、毛嫌いして床面だけを信じて、立とうとする。

それじゃあ、立てるわけがない。床面はいつまでも床面ではないからだ、九〇度傾斜すれば当然壁が床面になるのである。なのに垂直の壁に立とうと必死でつかまっている。その結果が、船酔い、神経が病んでいく。

だいたいが船でもないのに船酔いをしている人が多くないだろうか？　世の中には信じてはいけない上司もいれば、踏ん張ってはいけない立場もある。自分の中で感じている重力方向を信じると船酔いは治まる。

江田島の幹部候補生学校へ

一九八八年三月、柄にもなく、「去年の今頃も沈丁花が香っていた」などと感傷的になっていた。

一年前は、海上自衛隊に入隊するため私服で実家から新宿の募集事務所に向かったが、今は、幹部候補生学校に入校するためセーラー服で衣嚢《いのう》（よく船乗りが使うサンドバックみたいな袋）を担《かつ》ぎ、新幹線で広島県江田島に向かっている。車内で五〇代と思われる男性が、

「兄さんは、海軍さんかい」

と話しかけてきた。彼は、広島で私が降りるまで途切れることなく自分の戦争体験

を語った。食べるもの、着るものがなくて大変だったこと、空襲の様子、空襲後の遺体の回収、機銃掃射で追われたこと、どれも辛い体験、嫌な思い出のようだった。なのに、私のセーラー服を「懐かしい、懐かしい」と言い、「昔は軍人さんを見ると、小学生だった私たちも歩調を揃《そろ》えて敬礼をしたもんだ。そうすると軍人さんは、必ず答礼してくれて嬉しかった」とも話してくれた。

戦争そのものは否定的に語り、悲惨な体験をしてきたことを強調していたが、その時代の軍隊に対しては肯定的だった。子供心に憧れのようなものがあったらしく、ノスタルジーが強いように感じた。

宵闇《よいやみ》に包まれて人気のなくなった広島港から民間の高速船に三〇分ほど乗り、江田島の小用《こよう》港に着いた。そこから幹部候補生学校へは、バスやタクシーを使わずに歩いて行った。目指していた場所にいよいよたどり着く喜び以上に、自分のような経歴で通用するのかという不安があり、その戸惑いが徒歩の移動手段を選ばせたのだろう。

一本道の峠を越えて約二〇分、正門に着いた。着校案内書に書いてあった通り、正門脇《わき》にある共済組合の宿泊施設に入っていくと、ロビーには幹部が一〇名以上おり、一等海士（一等兵）だった私は全員からの答礼をもらい、敬礼を終えるのにかなり時間を要した。

二〇畳ほどの大広間に通されると、長髪で青白い顔の若者が二〇人くらいいた。二、三人ずつ集まり、不安げにひそひそ話をしていた。ここでみんな雑魚寝《ざこね》をして翌日、幹部候補生学校に着校するわけである。青白い顔の彼らは、一般大学出の幹部候補生試験合格者、これから同期になる人たちである。

〝これが幹部の卵なのか……〟

正直、異人種を見たかのようだった。武装集団の幹部という雰囲気から程遠く、どちらかといえば田舎の不良がカツアゲの対象にしそうな人たちだった。

彼らのほうも、セーラー服の私のことを気にしていた。そのうち一人が寄ってきて、私に缶ビールを差し出した。

「明日、幹部候補生学校に行く方ですよね、一緒に飲みませんか」

礼を言って、二人で話をしていると徐々に人が集まり、輪が大きくなっていった。みんなは、現職の海上自衛官で内部事情を知っていると思われる私から話を聞いて、明日からの生活に対する不安を少しでも消したいのだ。でも、私だってたった一年の自衛隊経験しかなく、そんなに詳しいわけではなかった。

むしろ、私が彼らと話をして不安になった。次から次へと挨拶《あいさつ》してくれるのは、慶應大学、早稲田大学、中央大学と有名大学出身者ばかりで、こういう人ばかりを選別した場所に自分が入っていって大丈夫なのかと不安になったのである。

そもそも日体大へ行く段階から特待生だったので、いわゆる「入学試験」をまともに受けたことがない。幹部候補生学校の試験もマークシートをありえない的中率で通ったに過ぎない。謙遜《けんそん》していると思う方がいるかもしれないが、問題用紙に目を通したものの、読んでもわかるはずがないのでマークシートの解答用紙だけを見て、アトランダムに塗って、合格したのだから、本当に奇跡なのである。

幹部候補生学校の試験に合格するために、中学三年の教科書からやり直しはした。自慢できるくらい毎日毎日何時間も勉強したが、その期間は短い。四月から始めて六月には一次試験が来てしまったので、一季節分もやっていないのだ。

そんな自分が、分不相応な、間違ったところに来てしまったのではないのか、と落ち着かないままに寝た。

セーラー服にアイロンをかけて

翌日、フロントからアイロンを借りてセーラー服にかけた。「じょんべら」という襟から背中にかけての当て布みたいなものに三本の縦線を入れたり、腕の部分に谷折りの折り目をつけたり、海上自衛隊特有の方法でかけていると、同期になる予定の一人が話しかけてきた。

「私アイロンかけたことないんです。難しいですか？」

「いや、すぐ上手になりますよ」

「いいですね、慣れてて」

「はあ」

　こんなもんに慣れていたって何の足しにもならない。あっという間に同じレベルになる。そんなことより、中二の終わりで止まっている私の頭と大学をちゃんと卒業した彼らの頭には、八年間のハンディキャップがある。中三の分を頑張ったとしても、このハンディはそう簡単に埋まるはずがない。埋まるとすれば、彼らの高校三年間と大学四年間は何だったということになる。

〝俺には七年間、結果だけが評価される世界で生き残ってきた運と勝負勘があり、そして何より毎日いじめ抜いて、育て上げてきたこの身体がある〞

　と自分で自分を慰めてみたものの、体力や運や勘より戦闘艦艇の幹部に必要なのは頭脳なのである。「むらさめ」に乗っていた私の得た実感である。

〝負けられない。けれども、自分に勝ち目があるとは思えない……〞

ふと気がつくと、同期を敵のように考え始めていた。

アイロンをかけ終えたセーラー服に着替え、幹部候補生学校に向かった。

正門を通過し、中へ入っていくと大講堂と呼ばれる築七〇年を超す花崗岩《かこうがん》を使った荘厳《そうごん》な建物があった。それを右手に見ながら、さらに進むと、急に視界が開け、海が見え、写真で何度も見た赤レンガの幹部候補生学校が現れた。

胸のすく思いとはこのことか。期待と希望がこみ上げてきて、これまでの不安なんか一瞬で消し飛んだ。そうなると不思議なもので、今まで自分を不安に駆り立てていたものが自信の源になっていった。

あの青白い小僧どもが七年間どんなに机に向かっていようとも、俺と同程度の点数だったじゃないか。あいつらは机に向かって合格点をとる能力を身につけたのだろうが、俺は他の方法で身につけたんだ。俺には、運と勝負勘がある。あいつらがどんなに努力をしたって、問題も読まずに合格なんかできねえだろ。しかも、あいつらは面接試験で点数をつけられたに過ぎないが、俺は面接官から「君を幹部候補生にするべきだと説明して回ることは約束する。幹部になった君とぜひ一緒に勤務したいと思っている」って言われたんだ。俺は、そう言わせたんだ。

それこそ、思い出すだけで恥ずかしくなるような滅茶苦茶《めちゃくちゃ》な理屈で、根拠なき自信がどんどん膨らんでいった。

赤レンガの正面入口から中に入ると、施設の中は薄暗く、張り詰めた空気はひんやりとして身が引き締まった。そのとたん、根拠なき自信の膨張が止まり、それが使命感に変わっていった。自然に背筋が伸びていくのを感じていた。

遵法《じゅんぽう》精神を学ぶシステム

江田島の海上自衛隊幹部候補生学校の中で毎日必ず繰り返される、こんなやりとりがあった。

「待て」

「はい」

『幹部候補生学校法規類集』を持って来い」

「持ってきました」

「〇〇ページを開け」

何をするにも規則が存在し、行動を起こす際にまず確認しなければならないのは規則であることを、強く認識させるための指導である。平時においては当然のことで、非常時、有事においては最も忌避すべき思考過程でもある。

平時は規則に従っていれば事足りるが、非常時、有事は、そうはいかない。規則というものは、平時を想定して作られているものであり、例えば防衛省の物品管理法では、自衛隊車両の燃料は一般人に分けてはいけないことになっている。なぜなら、自衛隊車両に搭載してある燃料は国家財産であり、国家の計画に従って、国家機関が使用するものだからである。それを一般人に分け与えていいように規則がなっているはずがない。したがって、これを破れば訴追される。

だが、被災者が燃料の枯渇《こかつ》で困窮《こんきゅう》している場合も、この規則を盾に無視を決めこむのか？　他にも理由があるのなら別だが、規則のためだけに給油を拒絶するのであれば、その方が罪である。

このあたりの矛盾を解決すべく法整備を粛々と進めていくべきだが、法の整備が現状に追いつくことはない。永遠にないのだ。なぜなら現状は常に変化しているし、法は作られた瞬間に過去のものとなるからである。

では、実際に非常時、有事の際、現場にいる自衛官はどうするべきなのか？

簡単な話で、訴追されて罰を受ければいいのである。すべての自衛官は「事に臨んでは危険を顧みず、身をもつて責務の完遂《かんすい》に務め、もつて国民の負託にこたえることを誓います」と宣誓して入隊、それを大前提に俸給を受領しているのだから、職務遂行のためには、訴追されるかもしれないという危険を恐れず行動しなければならないのだ。

ゆえに、自衛官には、平時における遵法精神を徹底するよう教えると同時に、非常時、有事に法律など、何かに従っていれば訴追、糾弾されるはずがないという感性を排除しなければならない。

しかし、大変残念なことに、この自衛官として当たり前の精神構造を作ろうとせず、平時にしか通用しない思考過程を身につけさせてしまうのが、江田島伝統の教育システムなのである。

「赤鬼」「青鬼」への面従腹背《めんじゅうふくはい》

幹部候補生学校の生活が始まって、まず驚かされたのは「赤鬼」「青鬼」と呼ばれる候補生より四期先輩にあたる幹部教官二名の記憶力であった。彼らは、厚さ一〇センチはある法規類集のすべてを丸暗記しているようなのだった。

彼らの任務は「生活指導」という名目のもと、その教育システムを実行し、規則に反した候補生を見つけては制裁を加え、根拠法規に基づいて行動しなければならないという感性を我々の中に植えつけることだった。

制裁には、もちろん体罰も含まれた。だが、とにかく時間に追われている候補生にとって、拳《こぶし》一発で終了するようなその場限りの体罰は最も喜ばしい制裁であった。一番困るのは時間のかかる制裁で、その筆頭が「グラウンド〇周走ってこい」だ。時間は食うわ、汗はかくわで厄介なのである。なにせ着ているものが白なので、汗をかくとその後が大変になる。ちょっとでも汚れた服装をしていると、また「グラウンド」の制裁という負のスパイラルに陥る。

もともと規則に従うと敗北感を覚える性格の私は、このような学校に最も向いてない人間であった。それは、幼少期から父に「規則に従うか従わないかは自分の自由であり、やるべきだと思うことをやれ」と言われ続け、その価値観が擦り込まれているからだ。

江田島教育の一端が見えてくると、堪えられない嫌悪感《けんおかん》と失望感を覚えた。「こうやって役人として飼い慣らされていくのか……」。しかし、奇跡的な幸運の果てにたどり着いた幹部候補生学校を、そう簡単に立ち去るわけにはいかない。

それにしても赤鬼と青鬼が、とにかく日々その役人根性注入プログラムを繰り返し実行するので、私自身も知らず知らずのうちに飼い慣らされてしまうのではないかと心配で堪《たま》らなかった。飼い慣らされないためには、指導を受けても「これは平時だけ通用する感性なんだ」と自分に言い聞かせるか、指導を受けないように面従腹背するしかない。

だが、彼らは小手先の対応で通用する相手ではなかった。「面従腹背」と言い訳をしつつ納得しかねる規則に従うのも本末転倒である。となれば、私を指導しようとする心を折ってしまうしかない。

私はどうしても、あの鬼野郎どもと勝負しなければならないのだった。それも拳とかではなく、鬼野郎が最も得意とし、絶対の自信を持つ「規則」という土俵で打ち負かし、人間としての格の違いを思い知らせなければならない。

一見不利なようでも、勝算はこちらにある。

なぜなら相手は、幹部候補生に対し高圧的に接している。大して規則に精通していない幹部候補生ごときにやり返されるはずがないと思っている。それゆえ、必ず無理をするはずである。無理をすれば、ほころびは大きくなり、繕おうとすればするほど、引っ込みがつかなくなる。こっちはただの幹部候補生、指導を受けて当たり前だ。もし、規則の読み違いで返り討ちにあっても、「なるほど、勉強になりました」と言えば終わりだ。

とはいえ、私が狙《ねら》っているのは、東大法学部卒の青鬼と呼ばれているほうだった。それも学校優等生の坊ちゃんではなく、頭の切れ味で勝負する本当の秀才だ。かなり、厳しい。

私は、毎日毎日、あの青鬼が読み落としていそうな規則はないかと、『広辞苑』のように分厚い法規類集をめくりまくった。が、そんなに都合のいい規則があるわけもなく、第一、こんなに膨大な活字を読んで書いてあることを理解する作業なんてしたことがない。ふと気がつくと目が活字の上を通過しているだけで、頭は内容の理解を放棄していることも多く、なかなかどうして骨が折れた。

人としての器の違い

それでも、読み返すこと五回目ともなると、ようやく独特の言い回しにも慣れ、法規類集の理合《りあ》いみたいなものが見えてきた。そしてついに、鬼たちが勘違いしているかもしれない規則を見つけた。それは、「自習時間に関する規則」の中の「音響機器の使用について」という項目にあった。

〈音響機器の使用に関しては自習時間中の使用を禁止する。（ただし、外国語の習得を目的としている場合は可とする）〉

ついに見つけた！　これで鬼野郎が無理すればするほど、落ちていく蟻《あり》地獄に引きずりこんでやる！

ヘッドフォンでアップテンポの洋楽を自習時間中に聴いていれば、あの鬼は「引っかかる」に違いない。さっそくその夜に同期からウォークマンを借りて、自習時間に臨んだ。

勉強中のフリをしていると、案の定、青鬼がいきなり後ろから私の頭を拳で殴った。

「何をするんですか？」

「幹部候補生学校法規類集を持ってこい」

予定通りなんだよ。もうお前は抜けられない。内心ほくそ笑みながら自習室の棚にある法規類集を持ってきて、あらかじめ覚えていたページを開き、青鬼に渡した。

「このページでいいでしょうか？」

青鬼の自信に満ちた表情が、みるみる「まずい」という表情に変わっていった。決して抜けられない罠《わな》にはまった青鬼を今から追い詰める。ここでネタである規則の話なんかしない。私は青鬼に言い訳をさせようとした。

「なぜ、頭を叩《たた》いたんでしょうか？」

青鬼が私の頭を殴ったことを正当化し始めたら、終わりのない蟻地獄の始まりだ。

ところが、私の予想をはるかに超える事態が発生した。

「音楽を聴いているのかと勘違いし、指導のつもりで殴った。申し訳なかった。謝る」

幹部候補生に幹部教官が頭を下げるという、ありえない姿が目前にあった。

私はついに、青鬼に謝らせることができた。しかし、青鬼に謝られて気持ちよさそうにしている自分の表情を想像したら、〝俺は何て小さい人間なんだ……〟と急に情けない気持ちになった。「不様《ぶざま》」と見られるかもしれないにもかかわらず、何もつくろわずに、あっさりと、率直に詫《わ》びた青鬼に圧倒された。自分がみるみる猫背になっていくのがわかった。恥ずかしくなった。

これが、自分と青鬼の人としての器の違いだと思った。

彼は敵ではない。我々、幹部候補生を育てようとしている兄貴分なのだ。くだらないことを考えていないで、兄貴分を信じてみようと心に決めた。それと同時に、この海上自衛隊というものに、とにかくのめりこんでみようと思った。役人根性注入プログラムに染められる気はないけれども、ここに自分を捧《ささ》げよう。

青鬼の我々後輩に対する愛情を感じ、私は救われた。彼がいなければ幹部候補生学校を中途離脱していたかもしれない。

未体験の肉体の使い方

幹部候補生学校では、防衛大学校を卒業した者と一般の大学を卒業した者が同期生として一年間生活を共にする。それじゃ、防衛大学校では何をしていたというのか。そう疑問を持つ人がほとんどだろう。私自身も不思議だった。

この六年後に私は防衛大学校指導教官となるので実態を知るが、防衛大学校は職業訓練校という位置づけではない。それは幹部候補生学校の役割なのだ。だから、職業に関する技術や知識はそこの一年間で両者ともに身につけるのである。防衛大学校で何をしているのかについては、本書第三部のすべてを使ってお話しする。

自衛隊生活二〇年間で肉体的に一番きつかったのは、幹部候補生の時であった。防衛大学校か一般大学を卒業している私の同期生は、スポーツに打ちこんだ経験があったとしても、それが金銭の獲得に直接結びついていた者はいない。一方、私にとってスポーツとは、たった一つだけ天から授かった才覚を発揮できるものであり、生きていくために最大限活用しなければならないものであった。

当然のことながら、技術的にも体力的にも、自分の持っているレベルは同期生と比較にならない。なのに、その幹部候補生時代が肉体的に一番きつかったのである。

当時、なぜ肉体的にきつかったのか。

答えは非常に簡単で、走ったり泳いだり、筋力トレーニングをやったりする実施回数が途中で増えるからである。「五〇〇〇メートルを全力で走れ」という指示の後に、「まだまだ、あと一〇〇〇メートル！」と追加になる。腕立て伏せだったら「三〇回」と指示され、それを終えると「あと一〇回やれ」と必ず言われる。

自衛隊に籍を置いたことのある方であれば、すぐにピンと来る話だ。しかし、それまで私が属していた組織においては、そのようなことは絶対になかった。ありえないことなのだ。なぜなら誰もが、腕立て伏せ三〇回というのであれば、その三〇回で全力を出し切ろうとするからである。

練習とはそういうものである。どうしても残してしまう余力を何とかゼロにしようと全員が努力している。選手は、常に、腕立て伏せなら「あと一ミリ下げられたかもしれない。完全に自分を追い込むことが、今日もできなかった」、五〇〇〇メートル走なら「あと、一〇〇分の一秒早く走れたかもしれない。今日も一〇〇分の一秒ぶん妥協したんじゃないのか」といったことを考えている。余力を限りなくゼロに近づけられるか。そこで選手としての価値が決まるので、努力のほとんどをそこに注ぐのである。

ゆえに、回数を増やすということはできない。あと一ミリ下げられたかもしれないという話をしているのに、「余力」の単位が回数ということはありえない。あるというのであれば、「余力」をゼロに近づける努力をしていないことを認めたのと同じである。

しばらくすると、この自衛隊特有の練習のやり方の意味がわかってきた。

誰も余力をゼロにしようなどと考えていない。とにかく早く練習時間が終わってくれればいいとだけ思っている。余力を残して練習を終えたところで何の後悔もなく、罪悪感も抱いていない。

「終わった。お疲れ様でした」

というまわりの声を聞くたびに思った。

〝お前なんか、全然、疲れてねえよ。疲れたふりしてただけじゃねえか〟

結果に結びつかない時間を過ごしたことが敗北にまっすぐつながっていると、まったく感じていない。そんなことより、まわりに対していかに頑張ったように見せられたか、さらになんと自分に対してまで、いかに頑張ったように思えたか、演出している。

練習の目的が能力の向上ではなくて、「俺たち頑張ったね」の確認ごっこなのである。そんな練習をいくらやっても絶対結果には結びつかない。なのに、やらされる方もやらせる方も一緒になって本気のフリをしている。

こんな組織は絶対に戦えない。戦ったって一〇〇回やれば一〇〇回負ける。そういう疑念と確信が湧《わ》き上がってきた。と同時に、これは自衛隊だけの問題ではなく、日本という国が抱える問題であるとも感じ始めていた。もしかしたら、国民みんなが本気のフリをして生きているのが日本ではないか、とまで思えてきたのだった。

七階級降格の恐怖

幹部候補生学校内での生活は三つの柱からなっていた。

鬼が見張っている規則でがんじがらめの「生活」と、国際法、国内法、天文学、地文学、英語、ロシア語などの「勉学」、そして、「体力づくり」である。

私にとって体力づくりが一番きつかったとはいえ、評価が低いはずもないので落第原因にはならない。生活も、入学前に水兵として護衛艦で働いていたこともあって自衛隊流に慣れており、「兄貴分を信じてみよう」と心に決めてからは、鬼に追いかけられることもほとんどなかった。

しかし、勉学については困難を極めた。マークシートの的中率だけでここへ来てしまった私にとって、やっぱりそのハードルが高かった。

そもそも、ついていけるはずがない。同期が努力をしていたであろう高校、大学の七年間、私は活字を読んだ記憶すらないのだ。彼らにとっての常識が私にとっては初耳なんてことが山ほどあった。

七年間のハンディを埋めるため、完全消灯後のトイレの明かりで活字を読み、必死に何かを記憶しようとする夜が続いた。果てしない絶望の中、

〝あと〇か月かすれば実践部隊に出られる。そこまでたどり着けば、どれだけ知っているかではなく、知っていることをどう使うかで勝負ができる〟

と自分を何とか奮い立たせようとした。そして、次の瞬間「原隊復帰かもしれない」と不安に苛《さいな》まれたりしていた。

原隊復帰――。

自衛隊には教育機関で落第した者を元にいた部隊に返す、「原隊復帰」の仕組みが

あるのだ。卒業の自信がなくなると、俺はいったいどうなるんだろう、むらさめ（護衛艦）電信員に戻るのか……と将来を案じた。

幹部候補生学校に入った日、一等水兵の階級章のついたセーラー服から、幹部候補生の階級章をつけた制服に着替えた。その時点で七階級も特進した。

〝それが、また元のセーラー服に着替えて、七階級の降格か？　結局、俺の限界はそこまでということか……〟

暗く狭いトイレで教科書を手にしたまま、絶望に近い心情に陥ることがよくあった。体力づくりの肉体的きつさも相当だったが、頑張っても頑張ってもまるで歯が立たない勉学面での精神的きつさは今思い出してもゾッとする。

海軍の「先輩」たちの遺書

幹部候補生時代に、勉学に行き詰まり気持ちが沈んだ時、私が何度も何度も通ったところがある。

江田島の海上自衛隊敷地内に建つ、教育参考館というギリシャ神殿ふうの施設だ。特殊潜航艇など海軍創設以来の実際に使われた武器のほか、さまざまな歴史的資料を展示している。

他の施設とは異なり、教育参考館は、海軍兵学校の卒業生と一般有志からの寄付金で一九三六年（昭和一一年）に建てられたものである。先輩が私たち後輩のために作ってくれたという点も好きで、あそこに行くと気持ちが落ち着いた。

館内の空気はピーンと張りつめている。幼児であろうと外国人であろうと思想的にどうであろうと、注意書きのあるなしにかかわらず、絶対に大きな声を出したり、ふざけたり、走ったりできない雰囲気がある。

入口から中に進むと、二階に伸びる赤じゅうたんの敷かれた階段があり、上がりきった正面にある石の器に東郷平八郎元帥《げんすい》の遺髪が納められている。階段を上る前に気をつけの姿勢から浅く一〇度の敬礼をするのだが、その際、私はあえて自衛隊式、即《すなわ》ち米軍式の拳を握るスタイルではなく、従来の日本式である指の先まで伸ばすスタイルで行っていた。先輩が私たちのために作ってくれた建物内にある、先輩の遺品と会うのに、他国の礼式で敬意を表すことに抵抗を覚えたからである。

もっとも、そこまで言うのなら、いつ誰に何と言われようと、赤鬼・青鬼と拳を交えてでも、その礼式を固守するべきだが、それはできずに教育参考館に入るときだけ、そっと指を伸ばしていた。何ともバツの悪い話である。

教育参考館の一〇〇〇〇点を超す展示物の中には、遺書、手紙なども数多くある。一般の入館者は、一時間しか館内にいることができないが、時間制限のない私は、すべての遺書、手紙をじっくり読むことができた。

一〇代、二〇代の若者が「死」を決意して書いた文章は、どれも達筆でしかも美文である。ただ、私はどの遺書にも何か窮屈なものを感じていた。検閲が入ったからなのか、フォーマットがあったのか。どれもこれも人生の最後に、最も近い者に宛《あ》てる文章ではない気がした。何かが足りない。抜けている。気になって、何度も行って何回も読んだ。

五〇回、六〇回、何十回目だろうか。遺書を繰り返し読んでいると、その文章に隠された暗号のようなものがあると気づいた。同じところで育った者でなければわからない、肉親でなければわからない、行間に隠された何かがある。肉親ではない私が何度読んでも見えてこない、手紙の宛先のその人でないとわからないものがある。当たり前だ。手紙は特定個人に伝えたいことがあって書かれたものなのだ。そう考え出したら、俺はそんなものを読んでしまっていいのか、とも感じた。

ふと、隣を見ると、観光客が涙を流して読んでいた。

〝一回くらいで涙なんか流しやがって〟

あのときは、正直そう思ってしまった。

当然、その観光客にはなんの罪もない。というか、江田島に来て涙をし、我々の先輩に対し何かを思っている人である。なのに私は、その涙は何だ、可哀相《かわいそう》だとでも言いたいのか、そう簡単にわかったような顔して帰るんじゃない、とも考えてしまった。今思えば、話をすればよかった。その観光客に自分が何を感じているかを話してみるべきだったと思う。きっと理解してくれたんじゃないかと強く反省している。

そしてその時、遺書を書いた先輩たちが、あることに絶対の自信を持っていたことに気づいた。それは、自身が今からやろうとしていることに対して、国民が、社会が、国が、必ず応《こた》えてくれるであろうということだ。そこに不安は微塵《みじん》も抱いていない。まさか、ものの数年後、自分たちのことが完全否定される事態が起こるなどとは、想像すらしていなかったはずだ。

二度と振り返るな

世界中どこの海軍でも、階級は一見してわかるようになっている。

水兵はセーラー服、下士官は階級章がワッペンで肩に縫いつけてある。将校は夏服の白の詰襟であれば肩に階級章が乗っているし、冬であれば袖《そで》に金の筋が巻いてある。また、夏でも冬でも階級は、細い金筋と太い金筋の組み合わせですぐそれとわかる。

一年間の幹部候補生生活を終えた日の昼、卒業式から戻ると、居室はすでにガラーンとしていた。二〇人分のベッドとロッカーが並ぶだけの居室で、私は、細い一本の金筋がついている幹部候補生の制服から、太い一本の金筋がついた将校の制服に着替えた。

〝やっと正門から出られる〟

そう、私はなんとか卒業までこぎつけた。勉学は最後まで四苦八苦で、ぎりぎりまで追い詰められている気になっていたが、終わってみれば、同期生が何度もとっているのに、私は欠点をとったことが一度もなかった。うさぎと亀ではないが、世の中とは、そんなものかもしれない。

入学するときは歩いて陸上の門から入ってくるので裏門からだが、卒業までこぎ着ければ船に乗って出ていくので表桟橋のある正門からということになる。だから、今でもVIPなどが正式に訪問する場合は、海から船でこの表桟橋に到着し、帰路も同様に表桟橋から船で海に帰って行く。

その正門を出るときに振り返らないでいられるかどうか、卒業生にとっては重要になる。帝国海軍以来の「帽を振ったら、二度と振り返るな」という伝統の習慣があるからである。

五省《ごせい》

至誠に悖《もと》るなかりしか
言行に恥づるなかりしか
気力に欠くるなかりしか
努力に憾《うら》みなかりしか
不精に亘《わた》るなかりしか

海軍兵学校の時代から幹部候補生は、毎日この「五省」を唱えて自習時間を終える。五省のひとつ「努力に憾みなかりしか」を本当に実践したかどうかが、その場を去るとき、わかるという意味を込めて「帽を振ったら、二度と振り返るな」なのである。全身全霊で努力を実践していれば、何の未練もなくすっきりと、前だけを見て進んでいける。そうでなければ「もっと○○すればよかった」などと、後ろを振り向きたくなるということである。

そんなわけで、幹部候補生たちは、卒業の時、正門から出て行くその瞬間、振り向きたくならないよう懸命に毎日を過ごそうとする。

卒業式の後、居室で着替えた制服には感慨深いものがあった。たかだか幹部候補生の階級章である細い線が一番低い幹部の階級章である太い線になっただけかもしれないが、この学校での一年間をどうにかこうにか乗り越えた証《あかし》なのだと思った。

私は、充実感をおぼえつつ、軍楽隊の奏《かな》でる行進曲に歩調を合わせて赤レンガ前を表桟橋へと行進していた。表桟橋の沖合には、三隻《せき》の軍艦が我々を待っていた。幹部候補生学校の卒業と同時に、我々の階級は、幹部候補生から三等海尉（海軍少尉）になる。立場は、幹部候補生から実習幹部というものになる。机上での知識しかない我々は実戦配備につけないため、今からの六か月間は、遠洋練習航海に出て実習するのである。それを日本各地および世界各地を寄港しながら実施して、実地経験を積んだ後に実戦配備となる。

いよいよ曲が『軍艦行進曲』から『蛍の光』に変わった。

「おもて離せー」

小型ランチ（小船）の船長が船員に出港を指示した。我々を乗せて表桟橋から出て行く。

「帽振れー」

号令に従い、帽子を頭の上で三回振った。いよいよ江田島を離れる時が来た。今から遠洋航海に出る。すっきりと、前だけを見て進めるか。それとも後ろを振り返りたくなるのか？　それが問われる瞬間が、ついに来た。

私は、まったく振り返りたくなかった。

「努力に憾みがない」というよりは、「もう、こりごり御免《ごめん》」との思いが強かった。

もし、「生まれ変わったら同じことをするか？」と問われれば、間違いなく「する」と答えるが、日体大の一年生と江田島のトイレでの自習だけは絶対に嫌だ。

遠洋練習航海へ行く艦艇「さわゆき」に乗りこみ、その甲板で潮風を受けながら、さまざまな思いが去来した。

「やっぱり無理なんだ」「どうやっても無理なのか？」と何度も思ったけれど、とにもかくにも幹部としてのスタートラインまでは来た。では、いったい何をするために自衛隊に入ったのか。どうして幹部になろうとしたのか。私はもう一度考えた。

考えているうちに、米大統領ケネディの就任演説が頭に浮かんだことを覚えている。

〈Ask not what your country can do for you, ask what you can do for your country.〉

国が自分に何をしてくれるかではなく、自分が国に何ができるのかを考えよう。

これからの自分にできることは何なのだろうか。

寄港地の駄目ジジイたち

水っていっぱいあるなあ。馬鹿《ばか》みたいだが、いまでも外洋に出るとそう思う。どこを見ても水だけ、水平線しか見えない。太平洋の横断中なんて、毎日毎日、本当に三六〇度の水平線である。水深は一〇〇〇〇メートルを超しているかもしれない。途方もない量の水がこの星にはある。

遠洋練習航海も横須賀を出て、アメリカに入り、パールハーバー（ハワイ）、サンディエゴ（カリフォルニア州）、バルボア（パナマ）、パナマ運河を越えて、カラカス（ベネズエラ）、レシフェ、サンパウロ、リオデジャネイロ（以上の三か所はブラジル）

と周り、三か月かけて日本の真裏のブエノスアイレス（アルゼンチン）まで来ていた。

赤レンガの同期生が実習幹部という立場で三隻の艦に分乗し、各種訓練をしながら六か月間航海する。同期生にとってそんな長い航海は初めてだし、艦の乗員に知り合いがいるはずもない。そんな中、幹部になる前、水兵として艦艇勤務していた私は、長い航海も経験していたし、乗員に知り合いもいた。

私が乗った艦艇「さわゆき」には、新兵教育の同期であるI君もいた。航海中も何かと世話になったが、彼の真価が発揮されるのは上陸の時だった。

彼は値切るのが天才的にうまい。「クワント」（いくら?）、「カロ」（高い）、「ムーチョカロ」（高すぎる）、「アミーゴ」（友達）の四つしか知らないスペイン語を駆使して値段を下げていく。下げられる限度までくると、店主にカードで払うそぶりを見せる。当時、強烈なインフレでデノミを実施していたアルゼンチンでは、支払いまで時間のかかるカードより現金を好んだ。I君は、カードの手続きをやっている店主に現地の紙幣を見せて「こっちで払おうか?」というそぶりを見せ、店主が喜ぶと現地通貨で払うからまた「値引け」と身振りで伝える。ようやく値引き額が決まると、今度は現地通貨を出しながらドルも見せる。貨幣価値が下がっていく自国の通貨より米ドルを好む店主にさらなる値引きをさせる……。

1989年、パールハーバーにて。背景にはダイヤモンドヘッドが見える。幹部の夏服だ。両肩に階級章がついている。

彼は値引き以外でも、私の悪だくみの片棒をよく担《かつ》いでくれた。

遠洋航海中に実習幹部が単独で上陸することは禁止だったが、私はそんなルールなどはなっから守る気がない。I君の鞄《かばん》に入れておいてもらったボロ服を出して着替え、一人で港町をうろつき、数時間ほど後に落ち合い、また制服に着替えて艦に帰る、などということを繰り返していた。どういうわけだか、私は世界のどこへ行っても地元の人に見られるので、その点は都合がよかった。

ブエノスアイレスに入港した日も、同期数名を連れて上陸すると、早々に「それじゃ」と言って別れ、I君に持たせていた服に着替えて一人になった。

私はこれまたどういうわけか、世界のどこへ行っても昼間から開いている駄目ジジイが集まるバーにたどり着くことができる。そうしたバーはもれなく「行ってはいけない」とされているエリアにあった。

この日もいつも通り、嗅覚《きゅうかく》を頼りにすんなりと場末のバーにたどり着いた私は、カウンターでビールを飲んでいた。左隣は農耕民族のジジイ、右隣はガウチョ（カウボーイ）で狩猟民族のジジイだった。二人とも身なりからしてボロボロで、典型的な駄目ジジイだった。

農耕民族のジジイは、生まれた頃から植物を育てるのが大好きだったという。種を蒔《ま》くと数日後には小さな芽が出てくる。小さな芽に毎日水をやると、少しずつ大きくなっていく。その芽を虫や獣から守り、実をつけさせるまでの話を嬉《うれ》しそうにしていた。自分の子供が生まれ、毎日、成長していく。そのうち孫ができて、孫も成長していく。それを見守るのが幸せで、俺の一生は生き物を育てる人生なんだよ、と言っていた。

狩猟民族のジジイは、生き物を見ると植物であろうが動物であろうが、どうやって食べようか、美味《うま》いのか、美味くないのかが頭に浮かぶと言う。俺の人生は生き物を殺して食べてきた人生だ、と語っていた。日本ではなかなか会えない種類の人間だと思った。

狩猟民族のジジイは精悍《せいかん》でたくましく、農耕民族のジジイはなんとも優しい目をしている。けれども、農耕民族のジジイは、自分たちは仲間同士で殺し合うことがあると言う。農耕民族は収穫を「分かち合う」ことをせずに「貯蔵」するため、貧富の差があるとも語る。畑のそばに定住しているので、気にくわない奴《やつ》がいてもそこから離れられず、殺し合いにまで発展することもあるそうだ。

一方、狩猟民族は収穫を分け与える。誰が獲《と》ってもみんなで食べると言う。貯蔵ができる穀物と、できない生肉の違いだろう。狩猟民族は気の合う者としか行動しないから、みな仲がいい。貧富の差もないし、殺し合いになんかならないそうだ。

まるで人間社会の発展を聞いているようだった。

最初は、狩猟によって仲間と生きているが、そのうち農耕することを覚えて地域社会が形成され、貧富の差が生まれ、人と人が殺し合うようになったのだろうか。さらに工業が発展し、産業革命、新型銃の開発、侵略、植民地……。第二次世界大戦以降、植民地はどんどんなくなっていったが、現代でも資源の独占と大量破壊兵器と殺し合いは、一向になくならない。収穫を分け合っていた狩猟時代が、人は一番平和だったのかもしれない。

約六か月の遠洋練習航海でいろんなことがあったが、印象深く覚えていることは、各寄港地で昼間から飲んでる駄目ジジイたちとの会話である。そして私が駄目ジジイから教わった最大のものはコミュニケーション能力だと思う。

船乗りの時も、特殊部隊員になってからも使ったが、特殊部隊を辞めた後にミンダナオ島や紛争地帯で私を守ってくれたのは、彼らから教わった術《すべ》だ。私が今生きていられるのは、彼らのおかげともいえる。

私の命を守ってくれたコミュニケーション能力とは、警戒心とか、社交性とかではない。外国語能力とかでもない。それは、余裕である。そのままの自分をさらせる余裕、自慢でもなければ自虐《じぎゃく》でもない。ただ等身大の自分をさらす能力だ。

簡単そうで非常に難しい。さらしていると思っている人に限って、まったくさらしていない。人はみんな見せたい自分を持っているし、こう思われたいという願望を持っている。その虚像を実像だと思わせようとする者は、必ずはじかれる。人は、欺《だま》し続けることはできない。

私のように鈍い者でも一年つき合えばその人の実像はわかる。どうせばれるなら、最初からさらせばいい。彼ら駄目ジジイたちの物腰、目つき、すべてに余裕があった。虚像を見せる気がまったくないからである。

実習生の評価基準

約半年間の遠洋練習航海を終えて、幹部としての私が初めて勤務したのは、母港を舞鶴に持つ軍艦「もちづき」だった。砲術士として配置された。砲術士とは、主砲に関する責任者である砲術長の補佐役である。

艦内の編成は、艦長を指揮官とし、艦長の全般補佐をする副長が独立しており、その下に砲雷《ほうらい》科、航海科、船務科、機関科、補給科、衛生科（多くの場合、補給科が兼務)、飛行科と七つの科がある。それぞれの業務内容などは左頁の表のようになっている(この編成は戦闘艦であれば後述するイージス艦でもほぼ同じである)。あっという間に時は過ぎ、私が幹部候補生学校を卒業して、ぴったり一年後の三月二一日。江田島湾に浮かぶ艦艇の甲板から、一列縦隊の卒業生たちを見ていた。彼らは軍楽隊の奏でる行進曲に歩調を合わせ、表桟橋へと行進していた。

甲板の上の私は、緩やかな春の陽気に包まれて、一年という歳月を考えていた。
〝同じ日差しで、同じ潮風、同じ匂《にお》いがしている。もう、三六五日が経《た》ったのか……〟

軍楽隊の演奏が、『軍艦行進曲』から『蛍の光』に変わった。
「おもて離せー」

小型ランチの船長の声が聞こえ、
「帽振れー」

号令に従い、卒業生が帽子を頭の上で三回振っている。去年とまったく同じである。ハッと我に返った。感傷にひたっている場合ではなかった。

卒業生を満載した小型ランチは、こちらに向かって進んでいる。これから「もちづ

戦闘艦の業務編成

科	責任者（科長）	幹部	業務内容
砲雷科	砲雷長	砲術長（主砲に関する業務）、水雷長（魚雷に関する業務）、ミサイル長（ミサイルに関する業務）。それぞれ、補佐する幹部として、砲術士、水雷士、ミサイル士がいる。	艦内一番の大所帯で攻撃部門を担当。
航海科	航海長	航海士（通信士が兼務）など。	艦の運航に関する業務を担当。
船務科	船務長	船務士、通信士など。	作戦及び通信に関する業務を担当。
機関科	機関長	応急長、機関士など。	応急長は船体応急処置（火災、浸水等）を担当し、機関士はエンジンに関し、機関長を補佐する。
補給科	補給長	補給士など。	経理、補給、食事に関する業務を行う。
飛行科	飛行長	整備長など。	ヘリコプターに関する業務を行う。

き」は、彼ら航空学生出身の者を乗せて、父島、グアム、フィリピン、沖縄とまわる練習航海に出る。私はその実習を受けさせる側として、彼らを迎え入れなければならないのだ。

「航空学生」は、高校を卒業後、六年間にわたってヘリコプターや飛行機の搭乗員養成訓練を受けてから、幹部候補生学校にやってくるパイロットの卵たちだ。私のような一般幹部候補生は赤レンガで一年間の教育を受けるが、彼らは半年である。そして、体験的練習航海といえる実習を一か月だけ受けた後、航空機の搭乗員として配置される。

つまり、実習をさせる側も実習を受ける側も、「どうせ、船乗りにならない」ということがわかった状態で行われる実習なのである。が、表面上は、「まさか、船乗りにならないからと遊び半分でやる気じゃないだろうな」「そんなことはありません。真面目《まじめ》に実習に臨みます」という自衛隊お得意の「お互いに本気のフリごっこ」のモードで実施される。

彼らが航海実習で学ぶ技術や知識は、星の高さ（水平線からの星の角度）を計測して自分の位置を出す方法だとか、投錨《とうびょう》・抜錨《ばつびょう》作業、操艦訓練などで、確実に飛行配置になる彼らにとっては実際に使うことのないものばかりであった。

だから私は、実習カリキュラムなんかどうでもいいと思っていた。教えるべきことは、艦艇にある程度乗らないと理解できないことで、飛行配置だろうが、陸上配置だろうが役に立つことだと思ったが、まだまだ素人《しろうと》の域を出ない幹部一年目の私が「これとこれを伝えるべきだ」と具体的に挙げられるわけもなく、カリキュラムを何となく否定的に見ていたに過ぎなかった。

この練習航海での私の担当は、一か月後の成績判定会議で彼ら実習生たちの生活態度、すなわち、どれくらい真面目に取り組んだのかを評価することだった。なので、すべての実習科目に参加した。

評価をしていく過程で見えてきたのは、実習生たちは四つのグループに大別できることだった。一般的に生活点の高いグループから記号をつけると、次のようになる。

A　とにかく真面目。一生使わない技術や知識なのに全力で習得しようと努力する。全体の中の比率では一割に満たない。過去のデータを見ると成績も一番、人物評価も一番といった最上位層ばかり。要は、絵に描いたような優等生タイプである。

B　このグループも真面目だ。身につけても一生使わない学びなのに、腐ることなく、努力する。ただ、グループAと違い、全力を出しているわけではなく、費用対効果を考えている。最小の努力で最大の評価を狙っている。だから、私とやたら目が合う。評価を気にしているのだ。計算高いタイプである。

C　このグループは少し斜に構えている。「くっだらねえことに、つきあわせやがって」という顔をしながら、最低限すべきことだけをさっさと終わらせて、後は本職の搭乗員配置の勉強をしている。義務はきっちり果たすが、それ以上の評価を得る気はない。そんなことに時間を使うのであれば実用的な勉強に充《あ》てたいと考える職人タイプである。

D パッと見からして、「ばかばかしくて、やってらんねえ」という態度を全面に出している。だからといって、搭乗員配置の勉強をするわけでもない。過去のデータを見ると、成績はビリ、人物評価も最低。要は、絵に描いたような劣等生タイプである。

ハンモックナンバーの順位争い

一か月後の成績判定会議で、私は彼らの生活点を自分の評価軸ではなく、A↓B↓C↓Dの順で発表した。反論は一切なく、そのまま通った。正直、私は長いものに巻かれた。

自分の中での真の評価は、C↓B↓A↓Dだった。初任幹部の私がそうした評価を下しても「馬鹿、阿呆《あほ》、黙れ」となり、潰《つぶ》されてしまっただろう。だから普通の自衛隊評価に合わせたのだが、何もせずに引いてしまったことをちょっと恥じている。

この時、自分が自分の同期を評価するなら、どういう順番をつけるだろうかとも考えた。海上自衛隊では、その人が同期の中で何番目に高い評価を得ているかをハンモックナンバーという形で公表している。すべての職場に毎年更新される「幹部名簿」が置かれており、それを見れば、誰が何人中何番の評価を受けているかすぐさまわかる。

自衛隊に入る前の私の世界では、ストップウォッチが人を評価した。タイムがすべてで、誰もがすっきり納得できる評価だった。が、幹部になって、自分のクラスのハンモックナンバーが発表された時に自衛隊という組織の好みがわかった。そんなもんか、あいつを評価しないのか、あいつを評価してしまうのか……。結構がっかりした。評価されないあいつは、己の評価を度外視して組織のために努力するタイプで、評価されちゃうあんな奴は、己の評価を最優先して自分のために努力するタイプだったのである。

ここは自衛隊じゃなく、東大に入れなかった人がキャリア気取りをするところなのかとも思った。平時において官僚と渡り合い、法的に組織を精強化する能力に長《た》けた人物と、有事において規則や常識を度外視して、殺し合う能力に長けた人物が同一人物なわけがない。つまりはその前者タイプのための組織なんだなと、ハンモックナンバーの順位から思わざるをえなかったのである。

デスクでの議論で予算獲得のための理屈を思いついたり、きっちり予算を執行する手法を考える力に長けた人が幅を利《き》かせる。彼らの思考の延長線上に毎年お決まりの訓練はあっても、実戦たる殺し合いは存在しない。

戦闘というものは、極めて特殊な行為ではあるが、それを実行する可能性のある組織である以上、その特殊な行為の実行力に長けた者であるかどうか、その評価も有事用のハンモックナンバーという形で作っておくべきである。

だが、自衛隊にそんな発想は微塵もない。じゃあ、なんのための組織なんだ。俺は何に向けて、自分のすべてを捧《ささ》げようとしているのか……。

自衛隊内の評価に対するこの不満は、退職するまで続いた。

唯一《ゆいいつ》、納得している評価は、後に創設された特殊部隊の部隊員に対して私が下した評価を、上官である特殊部隊指揮官がそのまま飲んだことである。

やっぱりここだけは違う。本当に戦うことを考えている、と思った。初代指揮官は「こう出してくると思っていた」とにっこりして、「これを部隊としての評価とする」ときっぱり言い切った。

態度とか、口の利き方だとか、過去の懲戒処分の数とかを一切考慮せず、ただ、その者の持つ戦闘能力だけを評価する部隊だった。任務をどれだけ真摯《しんし》に受け止めているのか。そのための準備を最優先し、継続しているか。優先順位に従って捨てるべきものを捨てていく覚悟と準備はできているか。

あの部隊だけは、今も、そこだけを評価する部隊であってほしいと思っている。

米国陸軍大佐の語る「ベトナム戦争」

海上自衛隊が幹部を育てる流れに簡単に触れておこう。

まず、最初の三年間で「通信系」「攻撃系」「エンジン系」の三つの「士」(補佐的役割をする)を経験し、四年目になると「航海長」を担《にな》うのが通常だ。この「長」に責任配置をされると急成長を遂げることが多い。この四年間で、艦の運航についてひと通り理解することになる。

残りの二年は、上級司令部の幕僚を行う。艦を八つまとめた「艦隊」を司令することで、ひとつの艦内という枠から広げて、複数の艦をコントロールする立場になるのだ。その後に普通は一年間学校で学ぶのだが、私の場合は防大へ行き、「たちかぜ」砲術長を経て、翌年に航海長となった。

幹部になって四年目の一九九二年、私は母港を呉にもつ「やまゆき」という艦に乗艦していた。二年ごとに行われる環太平洋合同演習（リムパック）が実施される年だった。その合同演習には海上自衛隊、米海軍、オーストラリア海軍、カナダ海軍、韓国海軍が参加していた。

私は、英語の苦手な司令の通訳として米海軍の航空母艦に乗ることとなった。その一年前、横須賀のアメリカ海軍基地内の軍人宅に居候《いそうろう》をして通常の英会話ならできるようになっていたことと、大雑把《おおざっぱ》で外交的な性格を見込まれたからであろう。

ある日、士官用の食堂でテーブルに着くと、私と同様に米海軍では見慣れない軍服を着た大佐が目の前にいた。

「その軍服はどこのですか？」

「米国陸軍だよ」

アメリカ人特有のフレンドリーな笑顔で答えてくれた。

「陸軍の大佐が空母で何をしてるんですか？」

「この船には宇宙飛行士まで乗ってるんだ。全然不思議なことじゃないよ」

「そうなんですか。陸軍では何をしてるんですか？」

「スペシャルフォース、グリーンベレーだ」

「えっ、あの最強の部隊ですか。ジョン・ウェインの映画見ましたよ」

「映画では最強だけどね。実際はなかなか難しいんだよ。本当のところ、俺たちは弱かった。ロコ（現地の人）の連中にはまったく歯が立たなかった」

当時の私は、映画の世界しか知らなかったので米国の特殊部隊が最強だと思っていた。

「へえ、そうなんですか。いつ、そのロコに歯が立たなかったんですか？」

「ナムだ」

「ナム？」

「ビエト、ナームだよ」

「ベトナム戦争ですか」

「その頃の我々は、国内外での訓練を積んで、〝暗くても見える〟〝二日分の食料で一週間の行動ができる〟といった能力に絶対の自信があった。いよいよベトナムへの派遣が決まり、まず南ベトナムの山村に入って、二週間で身体《からだ》を現地の気候に慣らそうとした。そこでいきなり自信はゼロになったよ」

「実戦前のそんな段階で？　身体が気候に慣れ切らなかったのですか」

「違う。初日にいきなり、火と太陽以外に明るさを与えるものがない世界にいる、ということを痛感した」

「そういう訓練もしたでしょ」

「訓練はな、そりゃあったよ。でも、生まれてから死んでいくまで自然界の明るさしかない世界に生きる人たちを初めて見たんだ。暗いところでも見えることに絶対の自信があったのに、この俺が全く何も見えない夜道で、四歳くらいの子供がタグ（鬼ごっこ）をして遊んでいた。驚きを通り越した俺は、その子供たちに『見えてるのか？』って聞いたよ。そうしたら『どこに行きたいの？』って子供が俺の手を引いて連れて行ってくれようとした……」

大佐の話が続いた。率直なベトナム体験談だった。

「俺たちは、週に一回はステーキが出ないと、不平不満だらけになる人間だった。でもな、そこの村の子供たちは四歳でも、腹が減ったらジャングルに入り、お腹《なか》が一杯になって帰ってくるんだ。その意味がわかるか？　俺たちにとって地獄のジャングルが、彼らにとっては食品庫か冷蔵庫なんだ。勝てるわけがないよ……」

大佐の話が止まらなくなった。ときに溜息《ためいき》をつきながら、語り続けた。

「作戦が行われる期間の二倍は平気でなければならない。あの時の俺らであれば作戦が二週間だったから、少なくとも一か月間はそのバトルフィールドにいてもへっちゃらである必要があった。一瞬でも苦痛を感じたり、何かをがまんしたりしているとすれば、そこでの戦闘には絶対に勝てない。戦闘にならないんだよ。だって、いるだけでストレスを感じてしまうなら、戦闘になったとたん、肉体が死んじまう前に、その環境ストレスとコンバットストレスがメンタルを殺しちまうからな。コーマン（衛生兵）だろうと、ドク（軍医）だろうと、メンタルに救急治療を施せる奴は絶対にいない。なのに、俺たちの敵はそこで生まれて、そこで育ち、そこで死んでいくことが当たり前なんだぞ。しかも、その四歳の子供たちの中から選抜されて兵士になっていくんだ。絶対に勝てるわけがない」

この時は、私にはまったく関係のない話だと思っていた。

リアルな話だし、そういうものかと思ったが、私は艦に乗っている身だ。死ぬその朝まで白いシーツに寝て、一日四食も食べて、でも、一発撃沈されれば艦と一緒に乗組員全員で溺死《できし》するのを定めとしている。そんな身からしたら、別世界の話としか聞こえないのだ。

しかし、その七年後、私たちは特殊部隊の創設を決めた。そして、「バトルフィールドにいるだけで、一瞬でも苦痛を感じたり、何かをがまんしたりしているなら絶対に勝てない」と語ってくれた大佐の言葉の重さをひしひしと感じることになる。

それは、いかなる環境下に置かれたとしても一瞬たりとも苦痛を感じないようになるための訓練、現代社会の利便性を捨て切ってその有難味さえも忘れるための訓練を、自ら実行しなければならない立場になったからである。

第三部　防衛大学校の亡霊たち

こんな自分が指導教官に？

二〇年間の海上自衛隊生活のうち二年間だけ、前線部隊から離れたことがある。一九九四年の三月から一九九六年の三月まで、横須賀市走水《はしりみず》にある防衛大学校で指導教官を務めていたからである。

そもそも防衛大学校とは、どんなところなのか？

この問いに、きちんと答えられる人はなかなかいない。その存在は知っていて、何となくこんな場所なんだろう、こんなことをしているはずだ、という想像はつくものの、実際には何も知らない。

実は、私もそうだった。自衛隊に入隊する前は無論のこと、入隊してからもほとんど何も知らなかった。幹部候補生学校のクラス（同期生）の半分は防衛大学校を卒業した直後の者だったし、先輩にも後輩にも防大出の人はたくさんいたのに、である。

防衛大学校の設置目的は、「将来陸上・海上・航空各自衛隊の幹部自衛官となるべき者の教育訓練」となっている。ここだけ読むと、防衛大学校を卒業すると陸海空の幹部自衛官になるのかと思えるがそうではない。先述したように、卒業すると今度は幹部候補生学校へ行き、一年間、一般大学を卒業してきた者と一緒に幹部候補生として教育を受けてようやく幹部自衛官になる。だから、他国の士官学校とも位置づけは違うし、旧軍の陸軍士官学校や海軍兵学校とも異なる。

では、防衛大学校の四年間で何をしているのかというと、そこが明確でない。卒業すると一般大学を卒業した学士と同等の資格を与えられるが、そのため学業に多大な時間が割かれている。その多くは、一般大学で学ぶものとそう変わりはない人文科学、社会科学、自然科学のさまざまな科目である。訓練といっても時間はわずかだし、全寮制といっても寮生活を経験している学生はいくらもいる。

防衛大学校の最大の特徴は、被服は下着のパンツ以外すべて支給され、食事もすべて無料、住む場所も提供され、もちろん光熱費もかからないことだ。さらに学生手当として毎月一〇万円程度が支給され、ボーナスまである。

日本体育大の合宿所から、最下級兵士として入隊し、一年間の実務経験を経て幹部候補生学校に来た私の目に映った防衛大学校出身のクラスは、身体能力もあまり高くなく、体力も普通程度、学力も私とは比べものにならないとはいえ一般大学を卒業してきた同期生に比べると見劣りした。自衛隊員としては、一般大出身者と比べると知識量は多かったが、実戦部隊に一年間だけだが在籍した私から見れば、実習という形で体験したことがある程度に過ぎず、すべてが中途半端《はんぱ》だった。

ただ、中途半端ということは、すべてのことに一定以上の能力を有しているともいえ、伸びる者は苦手なものがないますますべての能力を伸ばして成長していき、伸び悩む者はすべてのことに自信が持てぬまま時間だけが過ぎていく感じだった。

指導教官として着任した時、私は幹部になって五年。年齢も二九歳、まだまだ自分が戦闘艦艇乗りとして多くの経験を積みたい時期で、陸《おか》にあがって後輩の教育に従事する気なんかまったくなかった。なのに指導教官を務めることとなったのには、ひょんな経緯がある。

着任する半年前、とある人の紹介で知り合った防衛大学校陸上競技部の監督が、日体大の大先輩だったのだ。その方が来年退職するという。そして、私にこんな話をした。

「防大には陸上競技を専門とする人がいないので、自分が退職すれば指導者を失い、衰退してしまう。だから小隊指導官として来て、二年間でもいいから面倒をみて、しっかりとした基盤を作ってくれ」

不意の打診に驚いた私は、「陸に上がるなんて、まっぴらご免」という気持ちと、「防衛大学校って、何をしているところなんだろう？　その謎《なぞ》を解明するのも面白そうだ」という気持ちが入り混じっていた。

「構いませんが、そんなことできるわけがないですよ。半年後の人事です。確かに三月末は私の転勤の時期ですから、希望は出しておきますが、人事で個人の希望が通ったなんて話は聞いたことがありません」

その大先輩は「大丈夫だ」と言った。「自分の教え子は、海上自衛隊でかなり上の位置にいるからね。それに頼むから、おそらく通る」と言うのだ。

そんなことがまかり通るはずがないと思い、「ね、無理だったでしょ」とその先輩に言ってみたくて、「防衛大学校、指導教官」と希望欄に書いた。そうしたら半年後、本当に私は防衛大学校の指導教官として人事発令されたのであった。

防大での三つの顔

贅沢《ぜいたく》な、ものすごい施設だ——。

これが防大に着任した時の最初の感想である。教場の施設もさることながら、スポーツ施設の豪華なことに驚いた。学生総数は二〇〇〇名程度であり、私の母校、日本体育大学の三分の一以下なのに、ラグビー場、サッカー場、ハンドボール場、野球場、アメリカンフットボール場、テニスコート、高飛びこみ台つき屋外プール、屋内プール、相撲の土俵から、ボクシングリング、レスリングマット、陸上競技場——ありとあらゆる施設があった。

体育大ではないので、それらの施設は授業として使用されることは少なく、昼間は無人でひっそりとしている。放課後になるとクラブ活動が行われるが、強い運動部は皆無だ。一部リーグに所属する運動部は、私が所属していた時は一つもなかった。給料を貰《もら》っているからには毎日もっと自衛隊ならではの訓練がカリキュラムとして組みこまれており、体育に関しても体育大程度の運動量を課しているのだろう。着任前の私にはそのようなイメージがあったのだが、実際は、訓練もほとんどなければ、運動量も一般の大学と変わらない。四年生になるとあまり授業のない学生もいて、手持ち無沙汰《ぶさた》で学内をうろうろしていた。

防衛大学校で勤務するうえで、私は三つの顔を持っていた。

一つ目は、小隊指導教官としての顔である。小隊指導教官とは、四年生から一年生まで各学年一〇名程度で編成している学生小隊の担任のようなもので、生活指導を主な仕事とする。学生小隊が学生の最小単位であり、この小隊が三つで中隊になり、中隊が四つで大隊になる（左頁の表を参照）。

二つ目は、訓練教官としての顔。一、二年生は毎週二時間、三、四年生は隔週二時間の課程訓練と、年間を通じ約六週間ある定期訓練時の教官を務めるのだ。学生は一年生から二年生に進級する際に陸海空のどこへ行くか決定し、二年生以降は陸海空に分かれて訓練をする。

私は一年目に四年生を担当し、二年目に三年生を担当した。教えることは、課程訓練では一回あたりの時間が二時間と少ないので、ほとんどが机上での知識を与えることになった。定期訓練では一日使えるので、ヨットで海に出てみたり、泊まりがけで軍艦に乗って航海実習なども した。

三つ目は、校友会活動の指導である。前述したように、私は陸上競技部の監督をしていた。これは普通の指導官にとっては一番ウェイトの軽い仕事だが、防衛大学校陸上競技部の監督になるために防大に来た私にとっては一番荷が重かった。

陸上部員たちの指導を始めると、彼らが不思議な価値観を持っていることに気づい

防衛大学校の学生隊

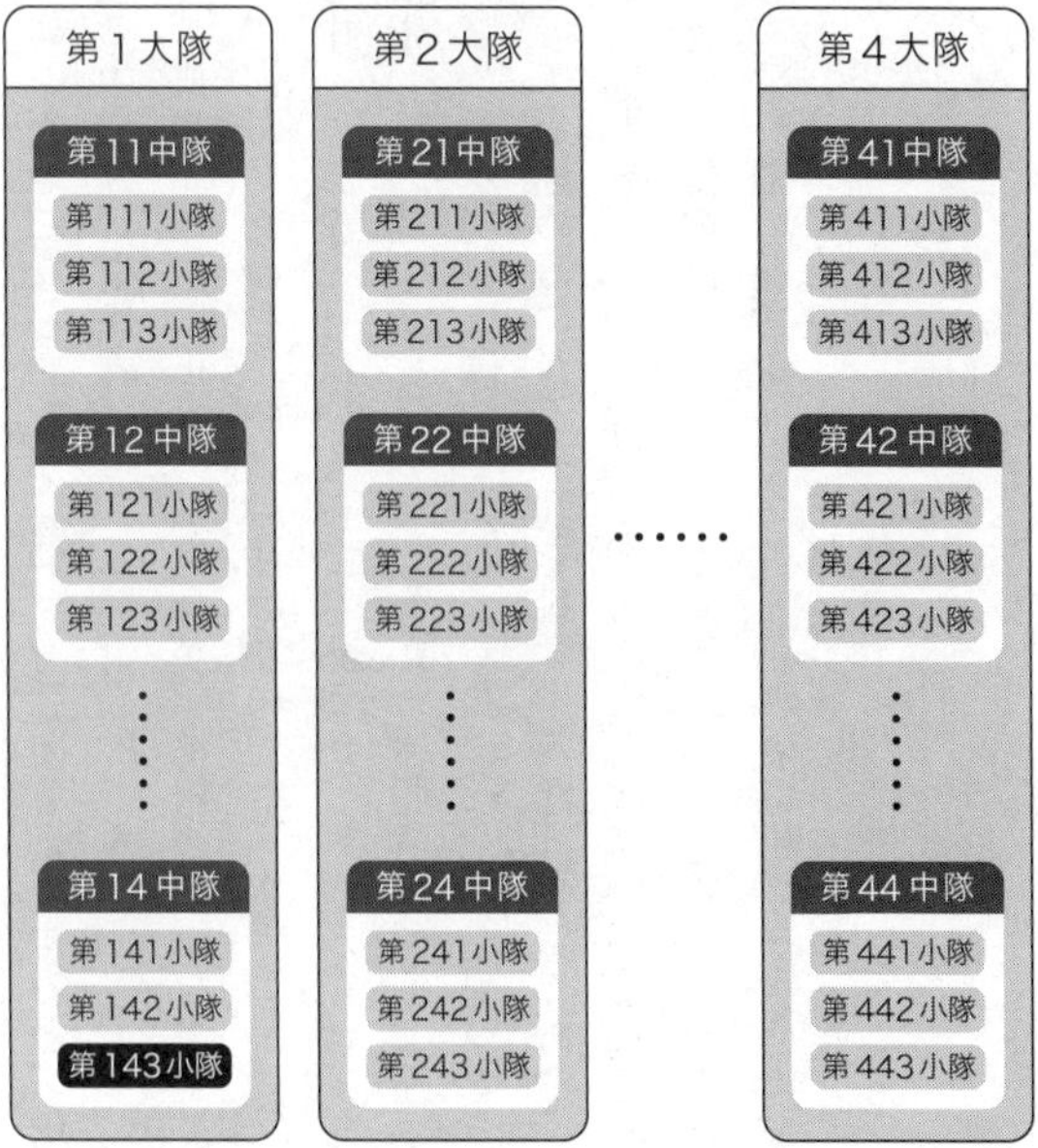

た。通常は、校外（陸上界）で自分の出した結果が認められることを望み、気にするが、彼らはそれよりも校内（防衛大学校内）で学生にどう評価されるかを気にしていた。要するに、タイムや競技会での順位より、大変な校友会活動への粉骨砕身《ふんこつさいしん》度、どれくらい自分を犠牲にして打ち込んでいるかを競っていた。

　そんな価値観を推奨するどころか、理解す

る気もまったくない私は、自分が知る勝利の法則「他人が真似《まね》できない量の科学的なトレーニングをこなした奴《やつ》が勝つ」を強要した。すると、驚くほど彼らの競技成績は伸びた。中には日本代表を狙《ねら》える選手も出てきた。

彼らの成長ぶりには正直、私自身が一番驚いていたが、よく考えれば当たり前のことなのである。だから、勝利の法則なのだ。

世の中不思議なことはいくらでもあるが、理屈がひっくり返ることはない。二人の人間が走れば、速い者と遅い者に分かれ、勝負がつく。速かった者は遅かった者より、歩幅×ピッチが絶対に優れている。であれば、どうやって歩幅を伸ばすのか。どうやってピッチを速めるのか。それを科学するだけの話である。

そこに魅力を感じない者は、どんなに肉体的に恵まれていても伸びるわけがない。ただ、それだけの話だ。より多くの者に魅力を感じさせられる指導者は多くの人を育てるし、より強い魅力を与えられる指導者は選手を大きく成長させられる。

自衛隊内でも特異な防大

ともあれ、防大での二年間は極めて特異な体験の連続であった。

自衛隊の仕事は、予定の変更が日常茶飯事だ。

特に艦艇においては、台風が来れば避難するし、地震、噴火、大雨、大火などが発生すれば災害派遣命令が下令され、予定がすべて白紙に戻る。災害派遣にはそれなりの兆候があり、多少なりとも準備できるが、他国軍隊の動静による緊急出港となれば話は別だ。秘密保全の観点から、乗員にはギリギリまで知らされない。何のためにどこへ行くのか、いつ戻れるのか、一切わからない状態で緊急出港する。

そうした緊急出港は、日本海に面する舞鶴を母港としていた二年間で一〇回近くあったし、特殊部隊においてはさらに緊張を強いられる。なぜなら艦艇は代替がたくさんあるが、特殊部隊は一つしかないので、必ず自分たちが出撃するからである。情報が入れば、立てていた予定はすべてご破算になる。

しかし、防衛大学校での二年間で予定の変更が行われたことはただの一度もない。しかも毎年ほぼ同じカリキュラムが繰り返される。教育機関としては普通だが、予定の変更とそれへの即応を旨《むね》とする自衛隊の中では極めて特異な組織なのである。

防衛大学校に着任した時は、自衛隊に入隊して七年を経過していた。だが、陸上自衛官や航空自衛官に知り合いはいなかったし、一緒に仕事をしたことはなかった。これは、私に限ったことではなく、ほとんどの自衛官は他自衛隊の隊員と滅多に接触しない。

防大で陸空の自衛官と一緒に勤務し始めて、まず戸惑ったのは相手の階級がわからないことだった。陸上自衛隊と航空自衛隊はまったく同じ階級章だが、海上自衛隊だけが異なるからだ。敬礼を欠くことが厳罰である世界において、階級章がわからないのは大問題である。

次に驚いたのは、言葉が違うことである。これも陸上自衛官と航空自衛官は旧陸軍用語を使用するので相通じるのだが、海上自衛官は旧海軍用語を使用するため、ほかと言葉が通じないことがしばしば発生する。

食器を洗浄する係のことを陸空自衛官は、「KP」（ケーピー：キッチン・ポリッシャー）と呼称するが、海上自衛官は「シャリ番」と呼ぶ。陸空自衛官は普通に「掃除」と言うのに、艦艇を基準にしている海上自衛官はわざわざ「甲板掃除」と言う。掃除の時に使用するモップは「ソーフ」、雑巾は「マッチ」なのだけれども、とにかく海上自衛隊の私が自衛隊用語だと思っていたものが、実は海上自衛隊用語（旧海軍用語）であり、陸空自衛官に通じないことが多発した。

生活習慣についてもそうで、陸空自衛隊は起床後と就寝前に点呼を実施するが、海上自衛隊に同様の習慣はない。これは陸上にある施設から脱柵《だっさく》が可能な前者と、艦艇を基準に考えていて海の真ん中で脱柵が不可能な後者との違いである。ちなみに、「脱柵」とは無断外出のことで、ばれないうちに戻ってくる気がある場合に使う。戻ってくる気のない場合は「脱走」と呼ぶ。

以上のように、つまりは海上自衛隊だけが独自の文化を固持しているのだ。この傾向は世界各国とも同様で、アメリカであろうとイギリスであろうとスペインであろうと、海軍の生活様式や考え方は自分の国の陸空軍より他国の海軍の方に近い。そのことは自国の陸空軍とつきあってみなければ気づけない。

そして、防衛大学校に勤務して何より驚いたのは、そこが入隊以来少しずつわかってきた自衛隊の持つ、歪《ゆが》み、矛盾、ねじれのすべてを持っていたことだ。自衛隊のみならず、防衛庁（当時）、いや戦後日本の縮図のような組織だったことである。

魂の抜け殻たちの行進

防衛大学校の学生は、朝八時に自分たちが寝起きする隊舎の前で朝礼をして、そこから行進して授業に向かう。二年間の防大勤務でたくさんの驚きがあり、そのたびに自分の中の常識がここでは常識ではないことを思い知らされたが、私にとっての最初の洗礼は行進して授業に向かう学生を見た時だった。

〝なんだ、この若者たちは……〟

覇気がない。生気がない。まるで捕虜が強制労働に向かわされているようなのだ。なぜこうなるのか。確かに集団の手足は揃《そろ》っているが、二〇歳前後の若者が持つ血気盛んな迫力がないので、魂の抜け殻の亡霊が目の前を通過しているようだった。若いオスってこんなものか。何十人と手足を揃えて行進しているが、俺が前方に立ちはだかったら、止まってしまいそうじゃないか。「邪魔だ、小僧、下がれ」とでも言えば、全員で手足を揃えてバックして行きそうだ。

同僚の指導官は防大卒がほとんどなので、ここの勝手を知っていたし、学生の気質も熟知している。私は右も左も勝手がわからなかった。学生については、私自身が育ってきた過程で周囲にいた者と異質の生物であることだけはすぐに察知できたが、それ以外は未知の存在だった。

いったい何者なんだ。あまりにもわからず、逆に私は彼らに興味を持った。そして、すぐに私が担当している学生小隊の全員と個人面接をすることにした。学生に聞いたことはただ一つ、

「お前は、防大に何をしに来たんだ？」

である。すると、これまた驚いたことに、答えが三種類しかなかった。

「授業料が無料だから」

「誰々に勧められたから」

「幹部の道が約束されているから」

これが二〇歳前後の若者の発言か？　私は全員に言った。

「お前は亡霊だ。自分の意思で『これがしたい！』というものがないのか？　他人の目ばかり気にしやがって。校則で決められた生活をして満足か？　校則がそんなに大事か？」

今思えば、指導でも助言でもない。混乱している自分の感情を学生にぶつけていた。全員との面接を終え、こちらの生気まで吸い取られたかのような虚脱感の中で考えていた。

この年頃は自分の主張や願望が強すぎて、もっと面倒で世話が焼けるはずなんだ。なのに、そもそも防大の志望理由に「これがしたかったので」というものがない。誰々に勧められて来ましたって、他人の勧めで人生を決めるのか。どうして主語が自分じゃないいんだ。全員が全員、自分の進路を決めた理由が自律的でない……。考えるほどに解《げ》せなかった。私は虚脱感を覚えたし、激憤もしたし、それらを通り越し、辛《つら》く悲しい気持ちにもなっていった。

彼らのジレンマ

階級が二つ上の防大出身の上官に思いをぶつけた。その人は初めて一緒に勤務する陸上自衛官で、星陵高校野球部出身の熱血漢だった。

「そうか、いいじゃないか、いいことだ」

「いい？　何がですか？」

「君の今の感情を学生に話してみればいいんだよ。それが防大出身者じゃない幹部もここの指導官にしている理由だと思うよ。残念ながら、私には学生の気持ちがわかってしまう。学生の時にそうだった自分がいるからな。怒らなきゃだめだ。やってくれ」

「わかりました。やります」

翌日、学生を集めて、自分の心情を一気に吐露《とろ》した。

「俺は防大の校則なんか知らねえし、目を通す気もない。お前らが校則を守ってるか守ってないかなんぞ、まったく興味がない。俺は中坊《ちゅうぼう》の風紀委員じゃねえ。自分たちがここで何をするべきなのかを考えて自治しろ。規則が邪魔ならすり抜けろ。抜け道ならいくらでも教えてやる。俺はお前らと生まれも育ちもまったく違う。規則をすり抜ける技ならいくらでも知っている。俺は現職の幹部自衛官だ。三日前まで領海の外側を住処《すみか》にしている戦闘艦乗りだった。俺はお前らの一〇年後の理想像だ。人としてじゃねえ、職業人としてだ。人として正しくあれとか、若けえのにふにゃふにゃ理想論言ってんじゃねえ。まず、いくさの時に役立つ生き物になれ。俺がこの一四三小隊の指導官である以上、ここを真面目なよい子君の巣には絶対させねえからな。くだらねえ理想論をたれる暇があんなら、さっさと自分がこの学校に存在する理由を決めろ。何のためにその日を使うのかを決めろ。そこが決まってねえんだったら生きていても意味がねえんだよ。それを決めるための時間であれば一晩中でもつきあうし、授業なんか受けなくていいようにしてやる。それが通らねえ学校なら、俺もお前らもいる価値がねえ。一緒に辞めようや。とにかく、何のためにその日を使うのかが決まらないうちは、ヒトとして扱わねえ。いいな」

私の過去には、思い出すだけで顔が真っ赤になったり、背筋が冷たくなったりするほど恥ずかしいことが山ほどあるが、これもその一つである。

学生は、聞いていた。文句を言ってきそうなものだが、黙って聞いていた。私はその表情を見ているうちに、彼らの心の奥が見えているような気になった。

彼らは苦しいのだ。暗中模索をしている。どうやら彼らは、ひ弱なわけでも、無気力なわけでもない。どこにどう進んでいいのかがわからなくて、模索しているうちにだんだん小利口になってしまったのだ。そうなっていく自分自身にも不満で、どうしていいのかわからないのだろう。

私は、メダルだのオリンピックだのと目標が簡単に決められる人生だったので、彼らの苦しみを知らない。もしかすると彼らの本当のジレンマ、苦しみをわかってやれないかもしれない。しかし、どんな形であれ、自分の存在は彼らの役に立つはずだ、と思った。

その後も彼らを見ていると、自分という主語をはっきり使ってものを考える習慣がないことが、彼らの中にあるジレンマや苦しみの原因のように感じられた。

何かに縛られている。何かに躊躇《ちゅうちょ》している。私が育っていく過程で周囲にいた奴らよりはるかに利発で真面目だ。ただ自分を主語にして失敗したときのリスクを、過度に恐れているだけではないか。

そう考えていくと、急に親近感がわいてきた。決められたことを決められたようにやることを墨守《ぼくしゅ》するあまり、自分の意思を持つことを恐れ、それを貫こうとする生き方などありえないと思っている。だが、心の奥では意思を持ち、主体的に生きたいとも望んでいる。ならば、強制的に失敗させ、恐れていた失敗なんて大したことはないという体験をさせてやればいい。

防大生とのつきあいは、この当たらずとも遠からずの第一印象から始まった。

米を食べるとパワーがつく？

防大では、年度が替わるとすぐに、カッター競技に向けた訓練が行われる。

カッターとは漕《こ》ぎ手一二名のボートのことで、競技は学生が所属する一六個の中隊対抗で行われる。漕ぐのは二年生で、その指導役を四年生がやる。

訓練期間はたった三週間だが、実際に漕ぐ二年は「何がなんでも優勝する！」と息巻き、「限界へ挑む」とか「限界を超えてみせる」とか大勢の前で言う。同期同士で切磋琢磨《せっさたくま》、叱咤《しった》激励し、本当の同期愛を育《はぐく》むだとか、真の絆《きずな》を深めるだとか、とにかくお題目が多い。

指導する四年も、「厳しい中にも深い愛情を持ちながら」とか、「肉体的にも精神的にも、大きく成長し、幹部自衛官としてふさわしい……」とか、幹部自衛官になったこともないのに気味の悪いことをやたらと言う。

着任したばかりの私は彼らの生活がわからなかったので、しばらく学生の起床から就寝までべったり同行してみることにした。といっても、昼間の彼らは授業があるので、同行は朝六時から八時までと、一七時過ぎから二二時過ぎまでである。食事も学生食堂で一緒にとった。

その時は、私の正面で四年生と二年生が食事をしていた。

「完全喫食《きっしょく》しろ」

四年生に山盛りつがれた白米を二年生は必死で食べている。無理やり食べさせることに何の意味があるのかわからない私は、四年生に質問した。

「なんで米をそんなに食わすんだ？」

するとその四年生は、自信たっぷりに言った。

「パワーをつけさせるためです」

驚愕《きょうがく》の答えである。小学生じゃあるまいし、米を食べるとパワーがつくと本気で思っている人間が目の前にいる。大学生、それも国立、しかも少なからず身体《からだ》を資本に生きていく種類の人たちが集まる学校の四年生でこれか。私は、目を見開いて絶句してしまった。

「えっ、米を食うと筋力がアップすると本気で思っているのか？」

自信たっぷりだった四年生は、一瞬で不安そうな顔になり、小さな声で答えた。

「はい」

「なんで米を食うと筋力がつくんだ。パワーと筋力の違いをどう考えてるんだ」

四年生は黙ってしまった。デリケートな防大生の心情を察することができなかったまだ二九歳の私は、黙ってしまった四年生の立場や、その四年生に気を遣っている二年生の感情などお構いなしだった。

彼らは、四年生一人に二年生が三人の四人組だったが、いつしか全員が食事を止めて、手を膝《ひざ》の上に置いて真下を向いていた。私がいなくなるのをじっと待っているようで、田舎の定食屋で不良にカツアゲされている進学校の生徒のようだった。

「おい二年坊主《ぼうず》、お前らも本気でそう思ってんのか？」

「…………」

「思ってるわけねえよな。じゃあ、何でこいつの言うことをきくんだ。勝ちたいんだろ。こいつの言うことなんか聞いてたら、勝てるものも勝てねえだろ」

とにかく、私は不思議だった。というより、その安直な考え方に怒りを覚えていた。

なぜなら、私のようにどうせ使わないからと教科書も買わないような馬鹿《ばか》な高校生でも、真剣に運動をしている奴らは、みんな当たり前のようにスポーツ医学や栄養学の本を読んでいたからである。勝つためには、どんな練習をすべきで、何をどうやって食べたらいいのかが知りたいから学ぶのだ。

なのに、それなりに難しい入学試験を突破してきた学力のある者が、米をたくさん食べるとパワーがつくと言う。知力に問題はないはずだから、どう考えても真面目《まじめ》にやっていないのである。

そんな奴らに従う二年生も「何としても優勝する。すべてをかける」と豪語しておいて、何をするにも目を疑うほど苦しそうにやる。大げさではなく、「よくそんな顔ができるな」と言いたくなるほど苦しげなのである。二〇歳前後の最も血気盛んな年頃なのに、なぜそんなことをするのか。苦しくても平静を装《よそお》うならまだしも、リアクション芸人じゃあるまいし、苦しみを熱演してどうするんだ。

あれは見ているだけでこちらが不完全燃焼になり、具合が悪くなりそうだった。もう不思議を通り越して、別の星の生物に囲まれているのかと思った。

二〇歳前後ですでに「中年自衛官」

何が違うのだろうか。正しいとか正しくないとかの問題かは別として、私と重大な何かが違うことは間違いない。

もちろん、彼らは私と同じ地球人だし、正真正銘の二〇歳前後の健康な若者だ。けれども、彼らの価値観が見えてくるにつれ、中身が若者とは言い難いとわかってきた。彼らは、すでに中年以降の典型的な自衛官になっているのだ。

中年以降の典型的な自衛官とは、目指していると思っていることと、実際に目指していることの間に大きなギャップがある人のこと。加えて、それに気づいているのか、気づいていないのか微妙な人たちを指す。

例えば、自衛隊員が射撃訓練をする時の目的は、射撃精度の向上である。しかし自衛隊ではいつの間にか、怪我人《けがにん》を出さないとか、薬莢《やっきょう》を紛失しないとか、時間内に終了させるとかといった方を重要視してしまう。それらも大切なことではあるが、問題なのはそのせいで射撃精度の向上がないがしろになってしまうことだ。

気づいているか微妙というのは、当初はそのことに気づいていながら気づいていないふりをしているうちに、本当に気づかなくなってしまうからである。若いうちは入隊時の志や思い入れがあるため、有事を想定した能力の向上に努めようとする。が、年月を積むにつれ、徐々に組織が抱える矛盾や本来の目的に背を向け、安定した日常の維持を優先するようになる。見て見ぬふりをし続けると、本当に見ることができなくなってしまう。

これを、自衛隊員にもなっていない防衛大学校の学生は、一〇代で習得してしまうのだ。彼らはカッター競技の目的を「勝つことだ」と叫ぶが、二年生が一番大切にしているのは、追い詰められた時に自分がどう行動したかに対する同期や先輩からの高評価である。だから肉体的な限界のはるか手前に限界値を設定し、そこを精神力で乗り切る演技をしてしまう。そう、幹部候補生学校の「体力づくり」と一緒だ。

四年生は二年生についてのすべてを知りつつ、自分たちの指導により精神的にも肉体的にも大きく成長させ、苦しいことを乗り越えた仲間として同期の絆を醸成させてやったと思いたい。その四年生の思いを、実は二年生も感じ取っていて、カッター競技の打ち上げの時にそこをくすぐる。そうして「本気で生きているフリ」ばかりに長《た》けた集団ができる。

以上は、防衛大学校が抱える非常に根が深い問題であり、それは自衛隊そのものでもある。

ただ、こんなことを感じたり思ったりしていた私だって、似たようなものなのだ。

二二歳まではすべての評価基準がストップウォッチで、先にゴールしたものが勝者という明快で何の矛盾もなく、誰もが全力で一つの目的のために進んでいる世界にいた。だが、二二歳からの自衛隊での生活は、矛盾と本気のフリだらけだった。自分のことを棚に上げ、私は学生に、自分の目に映っている彼らの行動がいかに奇異であるか、口では伝えた。

個別には納得したような様子で、「そうですね、その通りだと思います」とは答えたものの、結局、何も変わらなかった。

私は、問題の指摘をしただけに過ぎず、指導するには至らなかった。与党のすることに代案もなく助言もしない、ただ非難を繰り返す野党の行動と同じようなものだった。それは、この時点の私には、どうしたらいいのか、皆目見当がつかなかったからである。

上陸作戦用の巨大軍艦

この第三部のはじめのほうで触れたように、防大の学生には、定期訓練と称する年に計六週間程度の訓練がある。春に一週間、夏に四週間、冬に一週間、集中して実施される。

着任した年の夏期定期訓練で、私は四年生二名を連れて、米海軍の艦艇で一か月の体験航海をすることになった。

乗艦するのは、佐世保を母港とする第七艦隊所属の「ベロー・ウッド」であった。「ベロー・ウッド」は強襲揚陸艦であり、その呼称から想像はつくだろうが、敵地へ強引に上陸する際に使用する艦で、その上陸作戦は「硫黄島」や「ノルマンディー」を舞台にした映画のシーンをイメージしてもらえればわかりやすいかもしれない。

外見は航空母艦にとても似ている。大型輸送ヘリコプターや垂直離着陸機の運用をするばかりではなく、船体内に上陸用の舟艇を格納する能力も持っている、いわば「航空・舟艇母艦」である。

当然、船体も巨大で、全長二五〇メートル、幅四〇メートル、乗員は最大で二〇〇〇名。医療施設が特徴的で、手術室四、集中治療用ベッド三〇、通常医療用ベッドは五〇〇もあり、飛行甲板から大量の負傷者を搬送するための専用エレベーターが二基完備されている。米軍のように徹底した空爆、艦砲射撃の後に実施する上陸作戦であっても、これほどの負傷者を想定しなければならないわけだ。上陸作戦の困難さを表している。

「ベロー・ウッド」は七月五日に佐世保港を出港、沖縄本島の勝連町《かつれん》（現うるま市）

一方で、二人の学生には実習要領として次の三項目を命じた。

・航海中は、艦橋当直勤務を実施すること
・私との日本語会話の禁止
・学生二名での行動の禁止

乗艦したその日のうちに、彼らを艦橋へ連れて行き、簡単な勤務要領、英語での号令を教え、実習をスタートさせた。とにかく米海軍の軍艦の中で、どうやって食事をするのか、入浴はどこでできるのか、生活物品の購入は可能か、など生活していく方法を見出《みいだ》し、指定された勤務を通じてより多くのものを習得する。これをすべて一人で、英語でやらせた。

佐世保を出港してから翌日の沖縄入港までは、学生の艦橋での勤務ぶりを見ていた。が、私がいることで学生は多少なりとも安心し、艦橋内のアウェイ感が薄まってしまう。なので沖縄出港からは、学生が勤務についている時間帯は離れるようにした。

沖縄に入港すると二〇〇〇名以上の海兵隊員と大量の車両、ヘリコプター一七機、垂直離発着可能な戦闘攻撃機六機、海軍特殊部隊、爆発物処理部隊、増員された情報担当者、そしてアメリカ本国からやってきた海軍所属の大量の医療関係者が乗ってきた。

たかだかグアムの解放記念日のパレードに海兵隊が参加するだけの航海なのに、まるでどこかの国に敵前上陸を仕掛けるかのような編成になった。確かに情勢の変化に備え、予定変更でそのまま作戦行動に移行しても支障のないよう準備をしておくことは、あるべき姿だ。

とはいえ、その労力、費用たるや凄《すさ》まじいものがある。費用対効果や運用の妙などを考えず、当たり前のことを当たり前にやる。米軍らしい一面だが、馬鹿げていると も内心では思っていた。

加えて驚いたことに、乗艦していたのは軍人ばかりではなかった。軍服を着ておらず、どう考えても軍人の顔つきではない人がいたので、「何をしているのか」と尋ねると、「先生だ」と言う。艦内に学校があり、軍人に数学や歴史の授業をしているそうなのだ。冗談で「私も受講していいか」と聞いたら、「OK」だった。

沖縄を出港した翌日の七月九日午後、自分の部屋に入ろうとすると、情報将校が後ろから声をかけてきた。私に話があるという。

部屋に入るとすぐに、北朝鮮の金日成《キム・イルソン》主席が心臓発作で死亡したと伝えられた。

北朝鮮の国内がどうなっているかは現段階で情報は入ってきていないが、騒乱状態になっていて米軍の介入が決定されれば、「ベロー・ウッド」はこのまま北朝鮮に向かう可能性があるとのこと。現在、北朝鮮の近くで大量の戦闘員と医療チームを乗艦させている艦は他にないからだ。もしそうなれば行動は秘匿《ひとく》されるため、「あなたたちを降ろすことはせずに向かうだろう」と言われた。

可能性は非常に低いだろうが、そうなればなったで、学生にとっては非常に有意義な実習になるだろうし、防衛庁（当時）としても米軍の実戦行動の現場を見ることができるので有意義だと思った。そして何より、こういう事態のために莫大《ばくだい》な費用を投じ、いつでも作戦行動に移行できるようにしていることの意味を体感した。まさに「百年兵を養うは、一日これを用いんがためである」の格言通りだ。

結果的には、予定の変更はなかった。

若者は成長する

沖縄を出港し二日が経過した頃、私が艦橋にいると艦長が話しかけてきた。

「ミッズに生気がないが、大丈夫か？」

ミッズとはミッドシップマンの略で、海軍の士官候補生のことである。

「はい、大丈夫です。シャイだから自分からの質問が苦手で、やらせてくれって言えないだけです。英語はできるんです」

「食事はしているか？　ＰＴ（体力トレーニング）はしているか？　部屋にこもったりしていないか？」

「はい、問題ありません。誰かが指示してくれて、必ず矯正してくれて、最終的には許してもらえる学校という環境でしかプレッシャーを受けたことがないので、慣れていないだけです。すぐ慣れます」

「艦の周囲は海だ。飛びこんだら見つからないぞ」

「はい。毎朝、様子は確認しています。精神状態も注意しておきます」

艦長までもが心配するほど、二人の学生は生気がなかったのだ。

私の予想以上に彼らはシャイで、言葉の壁や異国の軍隊の中に一人だけ放り込まれたプレッシャーにめげていた。食堂でも話しかけられるのが怖いのか、隅で一人ポツンと急いで食べていた。艦橋でも泣き出しそうな顔で、早く時間が経《た》たないかと思っているからだろう、腕時計ばかりを気にしていた。また、精神的プレッシャーからなのか、食生活の変化からなのか、二人とも下痢をしていると言っていた。

しかし、彼らが艦内で生きているかを心配しなければならなかったのは出港してから最初の三日間だけだった。四日目から徐々に生気を取り戻し、食事も堂々と将校の隣に座って歓談しながらとれるようになっていった。艦橋でも積極的に質問し、腕時計を見る回数が減った。

そうさせたのは、彼らの素養や努力である。いったん落ち込もうともプレッシャーを跳ね返し、成長していく若者の姿はまぶしいくらいに光って見えた。

彼らの変化は艦内でも話題になり、ほとんどの乗員が彼らを応援するような温かい目で見るようになった。実習も後半になると、正規に配置されている若いアメリカの将校よりも明らかに能力が高くなり、彼らの間違いを指摘するような場面すら出てきた。

実習最終日、佐世保に入港して、いよいよ「ベロー・ウッド」を離れる時は、多くの乗員とハグをして、連絡先を交換していた。それに時間がかかり、私は岸壁で彼らが艦から降りてくるのをしばらく待たなければならないほどだった。

ようやく岸壁にたどり着いた彼らは、もうそこは日本だというのに、私にまだ英語で話しかけてきた。

「Lieutenant! Request permission to talk in Japanese, sir」(大尉! 日本語の使用許可

をください)

若者は成長する。防大生は磨けば光る。光らないのは大人のせいだ。我々指導官の教えざる罪だ。

獅子《しし》ではないが、千仞《せんじん》の谷に落とせば、彼らは必ずはい上がって来る。はい上がれない者もいるだろうが、その時ははい上がり方を教えればいい。谷に落ちることを異常なまでにビビり、落ちたら終わりだと思っている奴らを、突き落とすことから始めよう。そう思った。

卒業生が帽子を投げる理由

防大勤務一年目が終わった。四年生が卒業した。

卒業式当日は警備関係の業務があったので式典に出られず、後日、実家にいるときにテレビで見た。防衛大学校の卒業式には内閣総理大臣が列席するため、テレビで紹介されることが多く、訓示の内容もよく話題になる。

テレビでは、総理大臣が訓示を述べているところから始まり、式典の最後に「解散!」の号令とともに卒業生たちが一斉に帽子を投げて走り去る場面が流れた。それを観《み》ていた祖母、私が自衛隊に入隊する朝に「女々しいことをするくらいなら死を選びなさい」と言った軍国ばばあが、私の母に聞いた。

「おさと、これは日本でやっていること？」

「そうよ、ヤスはこの学校の先生してんのよ」

相変わらず空気を読めない母は、そんなことを言ったらどれほど面倒なことになるのかがわからない。祖母は、私の方を向き、入隊の朝と同じ刺すような目で静かに言った。

「今の帝国海軍は、なぜ官品愛護《かんぴんあいご》の精神を教えない」

尋常ではない祖母の目つきにたじろぎながら、どこから説明しようか考えていると、祖母は私の答えを待たずにたたみかけた。

「天皇陛下からお預かりしている軍帽を投げ捨てるとは、何事か。そんなことを、あなたは、なぜ許した」

そう言うやいなや、軍国ばばあは激高し、手がつけられない状態となった。だが、その理由は軍国ばばあとしてではなく、一人の日本人としてであった。つまりは、天皇陛下云々《うんぬん》ではなく、帽子を投げ捨てるという行為に対しての怒りであり、この国では誰もが幼少より物を大切に扱うよう教育され、決して粗末に扱ってはいけないと躾《しつけ》られているはずだ、というわけだ。

　値段や価値に関係なく、何に対しても長く使うことに気を配り、使えなくなると形を変え、使い道を変え、最後は灰になっても畑の肥料として活用してきたというのに、被《かぶ》っている帽子を投げ上げ、床にたたき落とし、そのまま式場を去る行為が集団でなされている。

　しかも、それを見て誰も諫《いさ》めない。そんなことが、自分が生きてきた日本の国内で行われているとは、どうしても信じられず、よほど残念だったのだろう。激高したのはわずかの間で、すぐにそれを通り越して落ちこんでしまった。

　なぜ卒業生たちはああしたことをするのか。

　防衛大学校の学生が着用している服は、すべて貸与物品だ。だから、学生は普段それを強く認識し、大切に扱っている。決して粗末になんかしていない。

　一方、帽子を投げ捨てるセレモニーは、アメリカの海軍兵学校や陸軍士官学校の習慣であり、防大はそれを模倣したと思われる。ここに落とし穴がある。アメリカの制服は貸与物品ではない。すべて自分で購入する。だから、もう使用することのない帽子を投げ捨てるという発想になる。それを格好がいいからといって考えなしに模倣をすると、ああいうことになるのだ。

防衛大学校の創設時に卒業式のありかたを自分たちで全部考えたのであれば、貸与物品を投げ捨てるなどという行為を思いついたはずがない。

これも自衛隊の縮図なのである。

自衛隊は米軍の思想と習慣を参考にしながら（模倣しながら）、帝国陸海軍の伝統も残そうとしている。いいとこ取りという考え方もできるが、優柔不断、どっちつかずのノンポリシーと見ることもできる。いろいろなものを参考にするのは非常に大切なことだが、よほど気をつけないと、統一思想に欠けた出来損ないの寄せ木細工のようになってしまう。その典型が、防衛大学校の卒業式である。

繰り返すが、他人のしていることを参考にしたり、模倣から始めたりすることは幾らでもあるし、悪いことではない。しかし、そこに落とし穴があることは知っておかなければならない。

ゼロからものを創《つく》るのは、大変なことだ。同時に、簡単なこともある。その組織のポリシーにどっぷりと浸《つ》かりながら、ひとつひとつを考え出し、それらを積み上げていくので、意思という一本の筋から外れることが決してないからだ。

比して、参考にしたり模倣したりする場合は、そうはいかない。目に見える動作だけではなく、それを創った者の想《おも》いを探り、そこを自分たちのポリシーに合わせて多くの修正を加えていかなければならない。完成しているパズルを組み直すようなもので、私の経験からいえば、ゼロからものを創るより困難で手間がかかる。

女子大の担任の先生になる

私が防衛大学校に着任した時は、学校創立四二年が経過していた。その歴史の中で一番の変革は、女子学生の入校だったのではないだろうか。

女性にも門戸を広げたのは創立から四〇年目。私の着任時には、すでに女子学生が校内をうろうろしていた。が、自分には関係のない存在だった。私が所属している第一大隊に女子学生が存在していなかったからである。

それが、一年目の勤務が半年を過ぎた頃に、来年度は第一大隊にも女子学生が来るという話を聞き、他人事《ひとごと》ではなくなった。時機が迫ってくると、こりゃあ一大事だと焦《あせ》り始めた。なぜなら、他の大隊から移ってくる女子学生のほとんどが私の小隊に配属されることになったからである。

日体大の合宿所生活に引き続き海上自衛隊の戦闘艦艇に乗り組んでいた私は、二四時間三六五日男だけの世界にどっぷりと浸かって生きてきた。そんな私が、突然、女子大の担任の先生になるみたいな話である。男子学生でさえ異人種に見えて戸惑ったのに、女性となるとどうなってしまうのだろうか。一年目以上にたくさんの戸惑いと驚きがあるに違いない、そう覚悟はしていた。

しかし、実際には何ということはなかった。

小隊の半分が女子学生だったが、私は男子学生と同様に接した。同じように扱った。衝撃を与えるべきだと思ったときは衝撃を与えた。当然、拳《こぶし》も使った。女子学生にしてみれば、生まれて初めての経験だったかもしれないが、そんなものはすぐに慣れていった。

私が戸惑ったのは、女性特有の体調が悪いときの話だが、それも最初の頃だけだった。彼女たちは普通に話してきたし、自分に経験がないから心情は理解してやれないが、理解してやれないことなんて同性にだって山ほどあるし、大した問題ではない。

この話をすると、女性の部下を持つ男性と男性の上司を持つ女性が非常に興味を示してやたらと質問してくるが、逆に男性の部下を持つ女性や女性の上司を持つ男性はまったく興味を示さない。

それは、きっと上司である男性が女性に対して、女性扱いという名の変な接し方をするからだと思う。

女子学生とつき合うようになってつくづく思ったのは、「男らしくしなさい」という言葉は男らしくない男のためにある言葉であり、「女らしくしなさい」という言葉も女らしくない女性のための言葉なのかもしれないということだった。だから、女子学生は問題がないどころか、男子学生より接しやすかった。いい意味で女らしくない女子学生が多かったからである。

それよりも、実力では敵《かな》わないことを知っていながら、女性というだけで、やたらと見下そうとしたり、色眼鏡で見ようとしたりする、ひがみ、やっかみ根性丸出しの男子学生を、俗にいう「男らしくさせる」ことの方が困難だった。

非常時に立ちはだかる常識の壁

彼女たちを教えるようになった一九九五年の九月一日、関東大震災の発生日に合わせた恒例の防災訓練が実施された。

六時の起床時刻前から、学生だけでなく私を含めた職員たちの動きも、悪い意味で防衛大学校らしかった。

普段ならまだ出勤してこない職員も、普段ならまだ寝ている学生も準備万端で待ち構えていたからである。「災害発生」の放送一分後には、学生舎から学生たちが飛び出してきた。

私も不自然に学生舎前で学生を待ち構えていた。準備万端の女子一期生の小隊学生長は、私に敬礼をして、集合完了を報告した。防大の歴史上初の女性学生長だ。

「おい、うちの小隊の任務は、何だ」

「被災して、防大に避難して来られた方の誘導、及び食料・飲料水の配布になります」

昨晩記憶したのだろう。待ってましたとばかりに、完璧《かんぺき》な答えが返ってきた。

「それでどうすんだ？」

「当面は、指定されている任務はありませんが、他の小隊から人手の支援依頼がくる可能性がありますので、小隊員の所在を把握しながら待機させます」

またもや完璧な答えを言い、「休め」と号令をかけた。彼女なりに予想し準備をしていたが、ここまでが限界だった。

「なんで用もないのに突っ立たしとくんだ。寝かせろ」

本気であるなら、「休め」の目的は体力の温存であり、であれば「横になって寝る」のが当然だからである。

「真面目にやれ。体力を温存するのには寝るのが一番って、幼稚園児だってわかるだろ。防災訓練を長い時間やるわけないって、計算してるだろ。訓練中に寝っ転がるなんてまずいんじゃないか？とか思ってんだろ。そんなことが頭をよぎるってことは、真剣にやってねえ証拠なんだよ。小僧のうちから、自衛隊劇団やってんじゃねえ」

しかたなしに学生たちは、肩に力の入った疲れそうな姿勢で無理やり横になっていた。

そこへ、私より二つも上の階級の指導官が激憤してやってきた。

「訓練中にその態度は何だ。寝っ転がってるって、どうなってるんだ！」

最初は私もなぜ寝かせているのかを説明していたが、あっという間に口論となり、その口論が一番盛り上がっているところに、今度は訓練視察に来ていた高級幹部が現れ、仲裁に入ることになった。

「そりゃ、伊藤君のやりたいことは大切だ」と私に軍配を上げてくれたが、同時に私のしゃべり方を厳しく指導し、ちゃんと相手の面目も立つようにまとめてくれた。

五分ほど経つと、今度は学校本部から「校内の内線電話が途絶《とぜつ》しているため、伝令として一名を派出せよ」と指令が来た。

小隊で一番真面目な四年生が伝令役を買って出たので、伝令の任務を聞くと、「正確に早く伝えることです」と答えた。その通りなので「よし、行け」と派出した。しばらくすると、その学生がゼーハーと息せき切って、行きつ戻りつ走っているのが見えた。早く伝えることが大切だと言っていたのにと、走っている彼を呼び止めた。

「おい！　何で走ってんだ。そこにバイクがあるじゃねえか。乗れよ」

「ぼ、防大生は、オートバイに乗っては、いけないことになっています」

「馬鹿か。今は非常時だ、校則なんかどうでもいいんだよ。校則を守ることより大事だろ。乗れ」

「鍵《かぎ》がついていません」

「鍵？　そんなもん、直結《ちょっけつ》かませや、アホンダラ」

「チョ、チョッケツカマセ、って何でしょうか？」

「直結をかませろ、って言ってんだよ」

直結という単語の意味や、その方法を知らなかったことはともかく、普段禁止されているので、正確に早く伝えるのに最適なはずのバイクを使うという発想がわかないのだ。非常時なのに平時の発想のままだからである。

非常時は、状況によっては規則を破らなければならない。遵法《じゅんぽう》精神なんぞが機能するのは平時だけ。自衛官がその存在意義を発揮する非常時は、法に縛られずに目的達成に必要で最適な手段を選択することが重要である。

また、非常時に自衛官が公務中でやむをえず行ったことでも、免責されるなどということはない。要するに、自己責任でそれを実行しなければならない。だからこそ、教育と訓練が必要なのだ。

しかし、その場に平時と非常時の発想の切り替えの必要性や、そのための訓練の重要性を理解している人はいなかった。そして、それは、自衛隊全体、防衛省全体にもいえる問題なのである。

何のために生き、死ぬのか

とにもかくにも、防衛大学校に着任して二年が経過し、とうとう離任する日が来た。

異人種の中に入りこんでしまったかのような戸惑いから始まったが、徐々に彼らの実態がわかり、ちょっとお利口な普通の若者が社会に出る前から公務員根性養成プログラムに組みこまれ、抵抗しながら、染まりながらも、組み込まれまい！　染まるまい！　ともがいている場所という認識に変わっていった。

この二年間で知り合った陸空自衛官、そして多くの学生とのつながりはその後も続いている。今でも会うし、助けられることが多い。

防大離任にあたって、私は学生に性懲《しょうこ》りもなく、ぶっ飛んだことを言っている。のちに有志が私のしゃべりを文字に起こしてくれたので、それをそのまま掲載する。

離任の辞

俺は現職自衛官の価値観、人生観、死生観を伝えるためにここに来た。要するに、毎日いったい何を考え、何のために生き、そして何のために死のうとしているかを伝えるために、ここに二年間存在した。

だから、どこでもそうしてきたが、思った通り行動し、言いたいことを言い、自分の価値観を信じ、感じたままに動いた。反面教師的な部分もあったろう、少しは見習う部分もあったかもしれない、俺は幼稚園の先生じゃねえからな、俺から何をつかむかは貴様ら次第だ。

俺は、陸《おか》の上じゃ普通の人だが、陸から一二マイル離れた領海外では、ちょっとは役に立つ。それは、誰に何と思われようと言われようと、体力温存しなきゃならん時は、どこでもいつでも寝る。任務達成のためであれば国賊《こくぞく》、非国民と言われて死刑になっても構わないと思っているからだ。要するにプライベートとオフィシャルをはっきり区別できる。私情をあきらめることができる。それだけの話だ。

我々の職業は究極のボランティアだ。知らない奴《やつ》のために自分が死なななきゃならない。人を殺さなきゃならない。敵ばかりじゃない、部下も殺さなきゃならない。「ガタガタ言わずに死んでこい」と言わなきゃならない時もある。しかも、ボランティアである以上見返りも求めてはいけない。「国民に感謝されたい」などと、せこいこと考えちゃいけねえよ。どう思われたっていいじゃないか、その人達のためになるなら。

ところで、軍人らしさってなんだ。ぴかぴかの靴はいて短い髪して命令にはでかい声で服従して、持久走が速くて、銃剣道が強くて、良く勉強してか？

冗談じゃねえ。任務達成のためにすべてのことをあきらめることが軍人らしさだ。任務達成のためには保身に走る心や遵法精神や、道徳心も、すべてかなぐり捨てなければならない。何の見返りもなく、任務達成を目指す。これが軍人らしさだ。

さて、士官候補生になった元四年生、卒業おめでとう。ようやく階級を持ったんだ。仲間になった。義務は果たしてもらう。まずは、一源三流《いちげんさんりゅう》から始めろ。俺にとっての一源三流とは、血は任務のため、汗は己のため、涙は仲間のためだ。涙は貴様ら自身のためにあるものじゃない、悲しくても、寂しくても、気が高ぶっても、安っぽく流すんじゃない。がまんしろ。とっておけ。

それから、防大四年間いい思い出がたくさんあるか？　そんな気になってるだろう。そんなもの、すべて忘れろ。若者にとって、過去というものは反省するときに使うだけのものだ。省みるためのみに存在する。懐《なつ》かしがるのは退官してからにしろ。現在と未来のために生きろ。チラチラ後ろなんか振り向くな。

四年も卒業、俺も卒業だ。俺は二度とここへは来る気はないし、その必要もない。それは、何もやり残したことがないからだ。ほとんどの者と現在をもって、好むと好まざるとにかかわらず、貴様らとは、何の関係もなくなる。ただし、好むと好まざるとにかかわらず、貴様らが俺と過ごした時間を消すことはできないし、永遠になくならない。

短い者で一年、長い者で二年、俺とつき合ったわけだが、何となく自信がもてない者、もしいるとするならば、俺と一緒に過ごしたことに自信を持て。貴様らは、どこでも、なんでも、何とかできる。俺は全員がそうなるように接した。世の中そう大変なことなんかないよ。きつくても苦しくても、あきらめさえしなければ必ず最後は手に入れることができる。おまえらはそういう風になっている。

貴様らにとって俺はもう過去の人間であり、思い出す必要はない。しかし、俺にとって貴様らは、永遠であり、誇りである。いつの日か、何処《どこ》かで、溌剌《はつらつ》と自信とプライドを持ち、熱く生きている貴様らに一人でも多く会えることを祈念し最後の言葉とする。

貴様らの奮励努力に期待する。

現時点をもって当小隊の指揮を解く。

平成七年度第一四三小隊、解散。

第四部　未完の特殊部隊

航海長として着任す

防衛大学校の勤務を終えた私は、幹部中級課程という一年間の教育を受けた。三〇代になったばかりの働き盛りを実務から外し、一年も勉強をさせるとはずいぶんと贅《ぜい》沢《たく》な話だが、公務員どっぷりの当時の私にそんな観点はなかった。

戦闘艦艇乗りの私は、射撃（大砲、ミサイルなど）、航海（航海術など）、船務（通信、レーダーなど）、水雷（魚雷、ソーナーなど）、機関（エンジンなど）のいずれかのコースに行き、専門的な教育を受けるはずだったが、指定されたのは艦艇用兵コースというほかの専門コースすべての知識を詰め込むところだった。

各専門コースと同じ一年の期間なので、どうしても浅く広い知識となり、専門的な教育とはいえないものになる。ゆえに、自分自身は実務をせずに全般を監督する艦長の育成コースと呼ばれていた。

艦長に限らず、幹部も階級が上がれば上がるほど、仕事には浅く広い知識が必要となる。深い専門的知識を持つスペシャリストではなく、スペシャリストたちの能力を生かすマネージメントが仕事になっていくからである。その教育を受けた私は、今でも有意義な一年だったと思っている。しかし後に、教育内容が多岐にわたり過ぎて無理があるということから、このコースは廃止になったらしい。

幹部中級課程教育を終えた私は横須賀で、五インチの大型砲が前後に一門ずつあり長射程対空ミサイルを搭載している戦闘艦の砲術長（大砲、ミサイルの責任者）になった。

その配置で一年を過ごしてから、舞鶴を母港とする当時最新鋭で、最大、最強といわれていたイージス艦「みょうこう」に航海長として着任した。航海長とはその名の通り艦の運航に関する責任者であり、艦内の教育訓練係士官として全乗員の戦闘技術を高める責任もあった。「みょうこう」には一年半勤務したが、先輩の幹部は優秀で魅力的な人ばかりだし、部下になる乗員も非常に優秀で立派な者が多く、楽しい勤務だった。成績のいい者が揃《そろ》っていたのは、最新鋭のイージス艦という特別な知識技能が必要とされる艦であり、米国への留学経験者が多かったからである。

航海長として着任した当時最新鋭のイージス艦「みょうこう」。
１年半勤務した。

海上自衛隊に入隊して一〇年以上が経過し、海という途方もない破壊力をもつ自然環境の恐ろしさも、戦闘艦艇における勤務要領についても、海上自衛隊、防衛庁（当時）の組織の特徴もだいぶ理解してきた。階級的にも年齢的にも中堅どころとなり、簡易だが作業量の多い雑用から解放された。結果、それまでの追いかけられる仕事から、落ち着いて熟慮のうえ、企画、計画する仕事へと変わっていった。

また、防衛大学校で教えていた学生も若手の幹部として乗艦しており、感心するほど優秀な者も、「どうしてお前が『みょうこう』に乗ってるんだ？」と言いたくなるような優秀でない者もたまにはいて、任せたり、鍛えたり、それなりに忙しく毎日が充実していた。

しかし、実のところ、心の中ではぬぐいきれない不甲斐《ふがい》なさがあった。

それは、わかってくればわかってくるほどに根の深い、入隊以来見てしまっては見ぬふりを繰り返してきた自衛隊が抱える矛盾、というより、私が感じてしまっている矛盾、憲法九条との整合性についてだった。条文に対する実に単純な疑問である。

〈陸海空軍その他の戦力は、これを保持しない〉

〈国の交戦権は、これを認めない〉

条文の二項目にこうあるが、では、自衛隊は戦力ではないのか？ 自衛隊は交戦しないのか？ 私は理解できないのである。侵略のためではなく自衛のための戦力保持なら当然じゃないか。世界のどこかに侵略するための戦力を保持し、侵略するための交戦もすると宣言している国があるとでもいうのか。

これは、決して開けてはいけないパンドラの箱のようなもので、開けたら最後、今までの職業人生そのものを否定することになるし、将来の人生も破綻《はたん》させることになってしまうと思って蓋《ふた》をしていた。

だが、心の奥深いところで、自分は一番したくない生き方をしていることを知っていた。教員の道を蹴《け》って自衛隊に来たのは完全燃焼できる職場を求めたからだったが、それとは正反対の不完全燃焼、それも自分で自分を騙《だま》さなければやっていられないような究極の不完全燃焼人生を歩んでいる。

「人が組織で生きていくとはこういうことなんだ」と、無理やり納得させようとすると、職務に対する熱意というか魂が抜けてしまうのか、生来怠け者だからなのか、安易で楽に生きるために自分自身の作業量を減らすことを最優先するような奴《やつ》になっていった。

例えば、艦艇の世界では艦のタイプによって、一年間にどの訓練を最低何回実施すべきかを標準として定めている。標準なので、その艦の実情、訓練の積み重ねがどれほど実っているかの練度によって裁量は任されている。

だから、舵《かじ》が故障した場合の処置に関して十分な練度はあるが、霧などによって視界が制限状態になった場合の運航練度が低ければ、舵が故障した場合の訓練時数を減らして視界制限状態のほうの訓練にまわすべきだし、まわすことが可能なシステムになっているのだ。なのに、私は両方とも最低回数だけしか実施しなかった。

標準に定められた回数を逸脱するには、理由が必要で、文書として上級司令部に提出しなければならないからである。いつしか私も、自分の作業量が増えないことを最優先する、悪い意味での役人気質そのものになっていた。

その真っ最中に、あの事件が発生した。

緊急出港の下令

一九九九年三月二四日六時七分、「みょうこう」の艦橋にいた私は、「面舵一杯《おもかじいっぱい》」を下令した。作戦中止命令が出たからである。

日本政府は、日本人を拉致《らち》している真っ最中の可能性が極めて高い北朝鮮工作母船の追跡を断念した。北朝鮮清津《チョンジン》市に向かって猛スピードで走り去る工作母船は、あっという間に日本海の波間に消えた。

私の網膜には今もその船影が残っている。それは、死ぬまで消えることはない。我々は、すんでのところで北朝鮮工作母船を取り逃がし、目の前で日本人を連れ去られてしまったのかもしれないのだ。

私にとっての「能登半島沖不審船事案」は、この二日前の三月二二日、緊急出港が下令されたことを知らせる一本の電話から始まった。

「航海長ですか、当直士官です。緊急出港が下令されました。直ちに、艦に帰ってきてください」

ようやく長い航海から母港に帰ったというのに、という落胆が強かった。もちろんそんな気持ちはおくびにも出さずに艦へ戻り、その足で艦長室へ行った。艦長に行き先を聞くためである。

海の上には道路もなければ、道路標識もない。だから、行き先が決まったからといって、すぐに行けるわけではない。出港前に進むべき航路を決定し、それを海図（チャート）に記入する必要がある。そして、その航路を決定するのは航海長の仕事だ。

だから、私はまず行き先が知りたかったのである。

ノックをして、艦長室の扉を少し開け、「航海長、入ります」と言った。

「入れ」という艦長の声が聞こえた。

私は敬礼をしてから、すぐに本題に入った。

「航海長、ただ今帰りました。艦長、行き先はどちらでしょうか」

「ううん。それがな、まだ言えないんだ」

地名を待っていた私の頭の中が、一瞬、白くなった。

「はっ？　言えない？　言っていただかないと航路が引けません。航路が引けないと出港できません」

「わかっている。でも、秘のグレードが高すぎて、まだ、言えないんだ。出港の直前に航海長にだけ言う」

「わかりました。出港の準備が整いましたら、また参ります」

秘のグレードが高すぎて航海長に行き先が言えない――。初めて経験する事態に少したじろいだが、すぐに気分が高揚し始めた。

日本の周辺海域でいったい何が起きているんだ？　という興味本位の気持ちと、それを特等席で見ることができるという不謹慎な感情がわいてきたのである。

予告通り艦長は、出港直前に私にだけ行き先を伝えた。そして「みょうこう」は、航海に最低限必要な乗員が戻ったところで出港し、残りの者は順次ヘリコプターにより洋上で回収していった。

拉致船との遭遇

結局、行き先は「富山湾」で、任務は「特定電波を発信した不審船の発見」だった。翌日の早朝、まだ暗いうちに富山湾に到着し、「不審船」の捜索を開始した。けれども、湾には何百隻《せき》という漁船が操業していて、その中から日本の漁船に偽装している北朝鮮の特定電波を発信した船を発見しなければならない。よほど近づけばアンテナの形や数で不自然なものを見つけることができるかもしれないが、すべての漁船に肉薄することなどできるわけもなく、発見は極めて困難である。

正直、私は発見なんて不可能だと思っていた。が、ともかく、不自然な漁船の捜索を開始した。捜索開始から二時間ほどが経過して夜が明けると、すぐに不審船を発見したとの連絡が来た。それは、海上自衛隊の航空機、P3Cという対潜哨戒機《しょうかいき》（対潜水艦戦用航空機）からだった。若い幹部が私に報告をしてきた。

「航海長、P3Cから、不審船を二隻発見した、との連絡が来ました」

「何？ 何が不審だって言ってんだ」

「漁具が甲板上にないそうです」

「馬鹿《ばか》かお前は？ 昨日の天候だぞ。漁具を甲板上に出している漁船なんかいるはずがないだろ。全部流されちまうよ。どうでもいい情報だ。艦長には俺から報告しておく。一応ポジションだけはチャートに入れておけ（発見された場所を海図に書いておけ）」

私は、不審船と判断した理由があまりにも船のことを知らなすぎると考え、参考にするべき情報ではないと判断した。

「航海長から艦長へ、P3Cから不審船発見との連絡が来ましたが、不審船と判断している理由が『甲板上に漁具なし』であり、理由としては極めて薄弱なため、現捜索計画に変更の要なしと判断します。以上です」

「CO了解」（CO＝コマンディング・オフィサー＝艦長）

それから半日が過ぎた午後、私は艦橋で勤務していた。

前方の水平線付近に針路を北にとっている独行の漁船を発見。不審船かどうかを確認するために近づくというより、若い幹部に操艦の訓練をさせるつもりで、その漁船の後方五〇〇ヤード（四六〇メートル）に回りこむように指示をした。

漁船とはいったんすれ違ってから大きく舵を切って後方に回りこもうとしたので、舵を切っている最中にだんだん漁船の船尾が見えてくる。確認すると「第二大和丸」と書いてあり、早朝にP3Cから連絡が来た船名だった。そして完全に回り込み、漁船の真後ろについて船尾を見ると、なんと漁船の船尾に縦の線が入っていた。

それは船尾が観音開きで開く構造になっていることを示している。そこから小舟（工作船）を出せるということである。

これこそが日本人を数多く拉致し、北朝鮮に連れ去っていった「拉致船」なのだ。

私は、漁船の船尾を凝視したまま艦長室へ電話をした。

「かっ、艦長、見つけました。めっ、目の前、目の前にいます」

艦長は、返事する時間も惜しかったのか、そのまま受話器を放り投げ、艦橋に駆け上がってきた。

それにしても、観音開きになっている船尾を見た瞬間の感情が忘れられない。全身の血液がグラグラと沸き立つような抑えようのない怒りが噴出した。仲間の首を切り落としたギロチンを見たらこういう気持ちになるに違いない。

海上保安庁と連絡がつき、新潟から高速巡視船が追ってくることになった。それまでの間は写真撮影をしたり、船体の特徴を報告したりしつつ、工作母船の位置情報も送っていた。

私は航海指揮官を交代し、艦首に向かった。工作母船に乗っている工作員にガンをつけるためである。艦橋からは死角になって不審船の船橋の中は見えないが、艦首まで行けば見える。艦首につくと工作母船の船橋右舷《うげん》の舷窓が見えた。そこに寄りかかっている奴がいる。緑の服を着ていた。私は心の中で叫んでいた。

「こっちを向け。視線で殺してやる」

緑の服の奴は、何気なく右後ろを振り返り、艦首に突っ立っている私に気づいた。

そしてそいつと目が合った。

こっちの本気の殺意をぶつけてやろうと思っていたし、相手も送り返してくると思っていたが、視線が合っているのに、まずこちらの怒りがわいてこない。日本人をかっさらっている最中かもしれない奴と目が合っているというのに、情のようなものがわいてしまっている。

五秒ほど見詰め合っていた。彼が前方に視線を戻した。

「何でなんだ？　いいのか、これで？　あいつには、自分と同じ匂《にお》いがする」

と思った。時と場所が違っていれば仲間になっただろうとも思った。

怒りを爆発させるはずが、私はしょげて、艦首からトボトボと艦橋に戻った。

帰投する巡視船

日没直前の一八時頃になってようやく、巡視船が追いついてきた。

相手は拉致船、北朝鮮の高度な軍事訓練を受けた工作員が多数乗っている。密輸や密漁をしている船とはレベルの違う抵抗をすることは目に見えているのに、いつも通りに海上保安官たちは飛び移ろうとしていた。そしてまさに飛び移ろうとした瞬間、それまで一二ノット（時速二〇キロ）程度の航行だった工作母船は大量の黒煙を吹き出しながら増速し、最終的には三四ノット（時速六〇キロ）まで上げた。

「みょうこう」もそれに合わせて増速していった。高速航行している時に不意に甲板に出ると海に転落する可能性があるため、立ち入りを禁止した。

「達する。不審船が急加速し、保安庁からの逃走を開始した。本艦は逃走中の不審船を追跡するため高速航行を行う。ただ今から特令あるまで上甲板への立ち入りを禁止する。繰り返す。高速航行を行う。ただ今から特令あるまで上甲板への立ち入りを禁止する」

私がマイクを置くと、すぐにガスタービンエンジンの起動する音が「キーン」「キーン」と二つ聞こえてきた。「みょうこう」は二万五〇〇〇馬力のガスタービンエンジンを四機持っているが、通常は二機でも十分な速力が出るため、残りの二機は起動していない。

間もなく、艦橋のスピーカーから機関長の声が響いた。

「機関長から艦長、航海長へ。エンジン全機起動した。一〇万馬力、全力発揮可能」

出港前に艦長から行き先について「秘のグレードが高すぎて、まだ、言えないんだ」と言われた時と同様に、不謹慎ながら私の胸は高鳴り始め、心の中で叫んでいた。

「来ました、来ました！　盛り上がってまいりました！」。そして、頭の中では『宇宙戦艦ヤマト』の主題歌がかかっていた。

「みょうこう」にとっては、まだ余裕のあるスピードだったが、巡視船の方は工作母船に少しずつ離されていった。しばらくすると、巡視船から無線連絡が入った。

「護衛艦みょうこう、こちらは巡視船〇〇。ただ今から威嚇《いかく》射撃を行います」

すると、「パラパラパラ」と、上空に向かって小さな口径の弾をばらまく射撃が行われた。

これは試射で、今から本射が始まり、工作母船の船体付近に威嚇射撃を開始するのだと私は思っていた。だが、いつまで経っても本射は開始されず、巡視船は再び「みょうこう」を無線で呼び出してきた。

「護衛艦みょうこう、こちらは巡視船〇〇〇です。威嚇射撃終了」

えっ、あの上に向かって撃ったのが威嚇射撃？『天才バカボン』のおまわりさんじゃあるまいし、あれが威嚇のつもりだったのか？　さらに無線連絡が入ってきた。

「本船、新潟に帰投《きとう》する燃料に不安があるため、これにて新潟に帰投致します。ご協力ありがとうございました」

私はしばらく、巡視船の連絡してきた内容が理解できなかった。航空機ならまだしも、燃料がなくなったところで沈むわけではないのに、日本人が連れ去られている真っ最中の可能性が高いというのに、その工作母船に背を向けて帰投するというのだ。

血液が沸き立つどころではない。完全に沸騰《ふっとう》するほどの激憤を感じ、工作母船より先に、そんなことをほざいている巡視船を撃沈しなければならないと思ったほどだ。

そうして本当に、巡視船は針路を南に向けて帰投してしまった。

海上警備行動の発令

ふと我に返ると、北朝鮮の工作母船と「みょうこう」は、三〇ノットを超える猛スピードで北に向かって突き進んでいる。日本海はそんなに広くない、明日の朝には対岸、要するに北朝鮮に到着してしまう。

いったいどうなるんだ？ 何をすればいいのか、サッパリわからなかったので、とにかく工作母船との相対位置を維持することにした。

反転し帰ってしまった巡視船への怒りが収まらない私は、航海指揮官を交代し、私室に行った。航海中に靴を脱ぐことや上着を脱ぐことは禁止されているが、そんなことはお構いなしで裸足《はだし》にビーチサンダル、Tシャツ姿になって、やさぐれながら食堂に降り、自動販売機でコーラを買って飲んでいた。すると副長の声で艦内放送が流れてきた。

「達する。現在、官邸内において、海上警備行動の発令に関する審議がなされている。発令されれば、本艦は警告射撃及び立入検査を実施する。以上」

海上警備行動とは「海上における治安出動」のことで、警察官職務執行法が準用される。もっとも海上自衛隊発足以来、一度も下令されたことがなかった。だから、私は反射的に「そんなもの、通るわけがない」と思ったし、実際に口にした。

「日本の腰抜け政治家が海上警備行動なんてかけるわけねえよ。戦後、一度もかかったことがねえんだぞ。政治家は官僚君となぁ、海警行動をかけられなかった理由を考えてんだ！」

　突然、けたたましいアラームが鳴り出した。

「カーン、カーン、カーン、カーン」

アラームは、全乗員を戦闘配置につけるためのものである。再び副長の声が響いた。

「海上警備行動が発令された。総員、戦闘配置につけ。準備でき次第、警告射撃を行う。射撃関係員集合、ＣＩＣ（戦闘行動をコントロールする中枢部《ちゅうすうぶ》）、立入検査隊員集合、食堂」

　私にはもう「盛り上がってまいりました！」などと、ふざけている余裕はなく、艦橋に向けて全力で走りだした。走りながら、なぜ靴を脱ぐことや上着を脱ぐことが禁止されているのかを理解した。

　真っ暗な艦橋でサンダル、Ｔシャツであることがばれるわけがないので、そのまま艦橋へ行った。結局、最後までこの格好だった。ようやく艦橋にたどり着き、航海指揮官を交代すると、全身から緊張感があふれ出ている艦長が見えた。

突然止まった工作母船

それはすぐに、緊張ではなく、恐怖に近い不安だということがわかった。艦長はとてつもない不安のまっただ中にいる。そして、これだけの人数に囲まれているというのに孤独を感じているのだとも思った。

恐怖に近い不安と孤独の中で艦長は、腕を組み、まっすぐ前を見据えていた。わずかに上下する肩が呼吸の荒さを示し、艦長のドクンドクンという心臓の鼓動まで聞こえるような気がした。そのまっすぐに前を見据える目には、保身も私心も邪心もなく、ただひたすらに任務を全《まっと》うしようとする強く熱いものがあった。

自衛隊が抱える憲法との矛盾、パンドラの箱だかなんだか知らないが、俺たちは今ここで生きている。誰が何と言おうと、たった今、我々は確実に必要とされている。政府が海上警備行動を発令したのが何よりの証拠だ。憲法云々《うんぬん》とは別に、今は俺たちにしかできないことを全力でするだけの話だ。今までの時間はこのための準備期間だったんだ。

艦長は、目をカッと見開くと、押し殺したような低い声で戦闘号令を発した。

「戦闘、右砲戦！　同航のエコー〈E〉目標！」（このときは工作船をEと呼んだ）

いよいよ訓練ではない射撃が開始されてしまった。

艦長の戦闘号令に従い艦内は、驚くほどスムーズに、滞りなく、水が流れるように、何から何までうまくいった。これこそが訓練のたまものである。

初弾は依然として三四ノットで進む工作母船の後方二〇〇メートルに着弾させたが、工作母船に減速する兆候はまったく見られなかった。前方二〇〇、後方一〇〇、前方一〇〇と弾着点を工作母船に近づけていった。工作母船を木《こ》っ端《ぱ》みじんにしてしまうギリギリの距離まで弾着点を近づけて、何十発も警告射撃を行った。だが、工作母船は減速の兆候をまったく見せなかった。

私の心の中の声は、「止まれ、こん外道《げどう》が！」から、あれだけの至近弾を食らっても止まらない彼らに対する尊敬の念にも近い「お前ら人間じゃねえ……」になり、「止まってくれ！　頼むから、当たっちまう前に止まってくれ！」に変わっていった。

それは本当にギリギリで、ちょっとでもどこかにミスがあれば、乗っているかもしれない日本人ごと木っ端みじんにしてしまうからである。その思いが通じたはずは絶対にないが、工作母船は突然、停止した。

停止した瞬間に、私の頭の中は真っ白になった。

なぜなら、停止となれば、次は立入検査をしなければならないからである。しかし、「みょうこう」は立入検査をできない。私は教育訓練係士官である。訓練計画を立てる以上、下士官たちの練度はすべて把握しているが、そういうレベルの話ではなく、一回も立入検査の訓練をしたことがないのである。

総員戦闘配置につけ

もともと海軍の仕事は船の沈め合いがすべてだったが、九〇年代から武器による抵抗が予想される船舶に乗り込んで、積み荷の検査をしようという考えが世界的に広まり始めた。海上自衛隊もその流れに乗る形で研究を開始し、各艦にその資料を配付し始めた時期だった。

だからまだ、艦内には防弾チョッキさえも装備されていなかった。訓練さえもできる状態ではなかったのである。

それなのにいきなり北朝鮮の工作母船に乗り込め、というのだ。携行する武器にいたっては、撃ったことはおろか、触ったこともない者がほとんどだった。なぜなら立入検査隊員は、一名の幹部以外すべて下士官であり、下士官は小銃の射撃訓練ならば普段から実施しているが、通常幹部が持つ拳銃《けんじゅう》は訓練したことがないからである。立入検査隊は、狭い艦内で使用することと、自衛のための武器という意味合いもあってか、携行しやすく取り回しもしやすい拳銃を持っていくことになっているのに、である。

そんな彼らが、この真っ暗な日本海で相手の船に乗り込んで、北朝鮮の高度な軍事訓練を受けている工作員たちと銃撃戦をする。そして拉致されている最中の日本人を奪還してくる。そんなことできるはずがない。

幸運に幸運が一〇回くらい重なって銃撃戦で工作員たちをねじ伏せたとしても、北朝鮮の工作母船には自爆装置が装備されている。どう考えても、立入検査隊は任務も達成できないし、確実に全滅する。

「海上警備行動が発令された。総員戦闘配置につけ」という副長の艦内放送の声で、立入検査隊員たちは食堂に集まってはいた。

ついさっきまで、「平成の世の中で、海上自衛隊の俺が戦死？」「ありえない、ありえない」と話していた彼らだが、工作母船の停止で出撃が現実味を帯びだすと、いっせいに表情がこわばった。そして、全乗員の誰もが立入検査隊を派出したくないと思っているのに、みんなテキパキと動いて、とうとうすべての準備を整えてしまった。

最後に個人装備品を装着するためにいったん解散し、一〇分後に食堂で再集合となった。

この時に私の直属の部下で、手旗信号要員として立入検査隊に指定されている者が私のところに来た。赤白の小旗を一本ずつ持ち、カタカナの形を表し、通信する手旗信号を、海上自衛隊は現在でも使用している。

「航海長、私の任務は手旗信号なんです。こんな暗夜《あんや》にあの距離で、手旗を読めるはずがありません。私が行く意味はあるのでしょうか？」

すがるような目つきだった。正直、私も行く意味はないと思った。だが、口をついて出た言葉は、正反対のものだった。

「つべこべ言うな。今、日本は国家として意志を示そうとしている。あの船には拉致された日本人がいる可能性が高いんだ。国家はその人を何が何でも取り返そうとしている。だから、我々が行く。国家がその意志を発揮する時、誰かが犠牲にならなければならないのなら、それは我々だ。その時のために自衛官の生命は存在する。行って、できることをやってこい」

私は、自分の人生観、死生観、職業観を、彼にぶつけた。すがるような目つきだった彼は、目を大きく見開き言った。

「ですよね！　そうですよね！　わかりました！　行ってきます！」

私は、面食らった。

ええー、「ですよね」だけ？　お前、反論しないのか？　それでいいのか、本当は納得なんかしてないだろ。三〇分後には射殺されているか溺死《できし》してるんだぞ。それで行っちゃうのか？

「行かせるというのなら、装備品を整えて、訓練をさせてから行かせるべきでしょう。何もしていないのに、行けっておかしいでしょ」

これくらいは言って欲しかった。その議論があれば、彼が納得して行くことはなくても、彼も私も救われる気がしたからだ。いまさら遅かったが、反論をしてくるものだと安心して持論をぶつけたことを後悔した。

命令が間違っているという確信

食堂に再集合してきた立入検査隊員の表情は一変していた。胴体には防弾チョッキのつもりか、『少年マガジン』がガムテープでぐるぐる巻きにしてあり、そんな滑稽《こっけい》な姿の彼らだったが笑えるどころではなかった。

むしろ彼らは美しかった。一〇分前とは、まったく別人になっていた。悲壮感のかけらもなく、清々《すがすが》しく、自信に満ちて、どこか余裕さえ感じさせる。私は、彼らに見とれてしまっていた。

半世紀以上前に特攻隊で飛び立って行った先輩たちも、きっとこの表情で行ったに違いない。先輩たちがどんな表情で飛び立ったのかに関して何も知らなかったが、私はそんなふうにも感じた。「これが覚悟というものなのか」と納得しつつも、心の奥底では気づいていた。この表情は覚悟だけではないのだ。〝わたくし〟というものを捨て切った者だけができる表情なのだ。

彼らは、短い時間のうちに出撃を覚悟し、抱いていた希望や夢をあきらめた。そして、最後の最後に残った彼らの願いは、公《おおやけ》への奉仕だった。それは育った環境や教育によるものではなく、ごく自然に、自らを滅することに意義を感じ、奉仕を全うしようとする清々しい姿勢だ。

だから、そんな彼らを〝わたくし〟のためにばかり生きているように見える政治家なんぞの命令で行かせたくないと思った。そして、彼らに「天皇陛下の御裁可《ごさいか》が降りたぞ」と言ってやりたくなった。どうしてなのだろう。〝わたくし〟を捨て、不断の努力で自らを律していることが誰の目にも明らかだからなのか。そもそも、なぜ「御裁可」という単語を自分が知っていたのかすらわからない。

そしてもう一つ。私は美しい表情の彼らに見とれながら、実は、「向いていない」とも思ったのである。

これは間違った命令だ。向いている者は他にいる。彼らは自分の死を受け入れるだけで精一杯で、任務をどうやって達成するかにまで考えが及んでいない。世の中には、「死ぬのはしょうがないとして、いかに任務を達成するかを考えよう」という連中がいる。私は知っている。この任務は、そういう特別な人生観の持ち主を選抜し、実施すべきものなのだ。

立入検査隊員たちは出撃のために歩み始めた。その中に先ほどの私の部下もおり、彼は私の前で立ち止まり挙手の敬礼をしてきた。

「航海長、お世話になりました。行ってまいります」

三〇分後に、彼の命はない。私は何も言えず、挙手で答礼するのが精一杯だった。

彼はふっきれたような表情で前を向き、再び歩み始めたが、五、六歩進んだところで急に振り向いた。

「航海長、あとはよろしくお願いします」

彼らが出撃しようとしたまさにその瞬間、工作母船は突然動き出した。

そろりそろりと動き出したかと思うと急加速し、再びフルスピードで北へ向けて進み出した。「みょうこう」も急加速し追走した。

結果、立入検査隊は出撃できなかった。だから今も彼らは全員生きている。しかし、彼の「あとはよろしくお願いします」という言葉は、私の中で今でも非常に大きな存在感を持っている。

特殊部隊創設への道

この能登半島沖不審船事案をきっかけに、小渕恵三総理大臣の強い思い入れで、防衛庁初の特殊部隊を海上自衛隊内に創設することが決定した。

あの日、我々は、任務を完遂できる可能性がゼロなのを知りながら、若者たちを死地に送りこもうとした。当事者たちは、すっきりと不思議な満足感に満ちていた。

あんな目で死地に赴《おもむ》く若者を、二度と出してはならない。

そのために創《つく》られる特殊部隊である。

行くだけならば、あの時と同じで普通の人生観でもできるが、任務を完遂するためには、特別な人生観を持つ者を集め、特別な訓練をさせ、特別な道具を持たせてからでなければならないのだ。

特殊部隊員に必要なのは、覚悟でも犠牲的精神でもない。任務完遂に己の命より大切なものを感じ、そこに喜びを見出《みいだ》せる人生観である。満足感と充実感と達成感のために己の生命を投げ出せる者を集め、育て、研ぎ澄ませておかなければならない。

この国が本気で特殊部隊を創ろうとするならば、その現実を目の前で見ていた私を活用するべきである。創設しなければならない本当の理由を、私の目が、耳が、この身体全体が知っているからである。

私は、特別警備隊準備室への転属を熱望した。

そして、その思いは通じ、創隊作業から足かけ八年間、特殊戦における突入現場での責任者として勤務した。

忘れられない三つのこと

これからこの本の本論ともいうべき方向に話を進める前に、事件をもう一度振り返っておきたい。

あの事件から今年（二〇一八年）で一九年が経《た》った。あれほど強烈な事件で、その後の私の人生ばかりではなく、我が国の安全保障に多大な影響を与えた事件であったにもかかわらず、私の中にある記憶は徐々に薄れ、あいまいになった部分もある。

しかし、今から記す三つの事象に関しては決して薄れることはないし、あいまいにもならない。それらは、あの事件があぶり出した日本人の特徴だ。自分の意思を押し殺し、上位者からの指示に従おうとする国民性があってこそ、あんなことが起きたと私は思っているからである。

一つ目は、燃料に不安があるからと、海上保安庁の巡視船が日本人を連れ去っている真っ最中かもしれない工作母船に背を向けて帰投してしまったことである。

あの時私は、抑えようのない激憤から工作母船なんかより巡視船を撃沈してやりたいと思った。しかし、後日、テレビのインタビューで当時の海上保安庁長官が答えていたが、「威嚇射撃もしたし、もういいと考えて帰投を命じたのです」というようなことらしかった。

つまり、巡視船の彼らは、海上保安庁長官からの命令に従ったのである。命令に従うのは当然で、それがいけないということではない。ただし、「日本人が乗っている可能性が高いのに背を向けて帰投するべきではない。燃料がなくなるまで追跡する」と現場の巡視船船長として、海上保安庁長官に意見具申《ぐしん》するべきだったと思う。それが、どれほど難しいことか、同じ日本人として知っているつもりだが、するべきだった。

「長官からの命令だ」↓「とにかく従わなくちゃ！　帰らなくっちゃ！」

巡視船の彼らは、そういう思考になってしまっていたのではないか。

意見具申があまりされず、その代わり命令による統制が愚直なまでに徹底されるという日本の組織の特徴を、如実《にょじつ》に表していると思う。

二つ目は、「立入検査」の命令が出たことと、それがそのまま末端の隊員に伝わったことである。

そもそも「立入検査」というものは、軍艦による民間の貨物船の積荷検査をその船長らの同意のもとですることであり、北朝鮮の工作員が待ち構える工作母船に対して実施するようなものではない。

喩《たと》えるなら、「立入検査」は酒気帯び運転の一斉検問のようなものであり、「こんばんは。免許証を拝見します」から始まるものなのである。あの時のように、猛スピードで逃走している車両に対してすることではない。

第一、まだやり方を決めた程度の時期であって、海上自衛隊でまともな訓練をしたことのある艦は存在しなかった。しかし、発令されたのだ。私は、任務が絶対に達成できないことも立入検査隊員が全員死亡することもわかっていた。世の中に「絶対」ということはそんなにないし、国家の意志を具現化するための軍事作戦において不可能と軽々しく口にすべきではない。だが、拳銃を触ったこともない者が、夜間、自爆装置がセットされている北朝鮮の工作母船に乗りこんで、北朝鮮の工作員と銃撃戦の末に日本人を救出してくることは絶対に不可能で、彼らが全滅することも確実だった。

それは、私が「みょうこう」航海長で、教育訓練係士官として乗組員の練度をよくわかっていたからではなく、海上自衛隊の艦艇乗りなら誰でも知っていたことである。

ということは、「立入検査を実施させる」という政治決定がなされる時に、現職の海上自衛官に任務達成の見積もりと生還の可能性を確認せずに決定がなされるはずがないので、現状を知っていながら可能だと言った海上自衛官がいるか、不可能という現状を理解したうえで実施させるという政治決断がなされたのか、そのどちらかなのである。

愚直なまでに命令に従う

軍事作戦である以上、拉致されようとしている日本人を何がなんでも救出しようとする。損害を度外視して救出を諦《あきら》めない。そういう指針が下されたというのなら、まったく問題はない。しかし、そこまでして実施する理由を誰一人確認せず、下された命令を実行させることだけしか考えなかった。

命令する側の末端にいた私は、自分の部下が「行く意味があるでしょうか」と聞いてきた時に「つべこべ言うな。今、国家は意志を発揮しようとしている。そのときに誰かが犠牲にならねばならないとしたら、それは自衛官だ。できることをやってこい」と自分の職業観と死生観を部下に押しつけて命令に従わせようとした。だから、私には工作母船に背を向けて帰投した巡視船のことを非難する資格なんてないのである。

繰り返すが、あの命令が間違っていたとか、取り消すように動くべきだったということではなく、いったいなぜ任務を達成できず、全滅するとわかっているのに彼らを行かすと決めたのか。その理由を確認して、彼らに伝えるべきだった。そんな当たり前のことをせずに命令に愚直に従おう、従わせようとしたのである。これは、私が一生恥じていかなければならないことだ。

そして、決して忘れられない三つ目は、それでも彼らは工作母船に乗りこもうとしたことである。

それは、命令と服従について非常にシビアな自衛隊という組織で働いていたからだと思われるかもしれないが、私は自衛隊を退職して一〇年余、一般企業人ともおつき合いをしている。そこでつくづく感じるのは、自衛官に限らずとも、自分の意思を押し殺し、上位者からの指示に従おうとする傾向が日本人には非常に強いということだ。その国民性を持ちつつ、さらに軍組織に属する人は、愚直なまでに命令に従おうとする。あの時、彼らが行くと決めたのは、自分が自衛官だからという職業意識がそうさせたというより、日本人だったからという気がしてならない。

日本人が想像する以上に、この国では、恐ろしいほどシビリアンコントロールがきくと私は思っている。時として、現場は政府の決定に何の疑いもなく従う。そういう一面があることを、政治決断がなされる場所にいる者は無論のこと、多くの日本人に知っておいていただきたい。

能登半島沖不審船事案は、まさに人生の転機だった。

一生恥じていかなければならない過去を背負うことになったが、あの事件に遭遇したおかげで私は息を吹き返した。それは、憲法との整合性がどうのではなく、現実問題として自衛隊という組織が存在しなければならない理由を体感したことと、同様の事態を許さないために日本初の特殊部隊が海上自衛隊内に創設されると決定したからである。

まったく予想していなかったことだが、これなら完全燃焼できる。一点の矛盾も妥協もない、全身全霊で全力投球できる場所、しなければならない場所、する価値がある場所を見つけた。それはこれから創る特殊部隊だ。

三四歳にして、生きる屍《しかばね》、究極のインチキ役人になるところだった。矛盾と妥協で充満しているくせに、そうではないと自分を騙して生きていくところだったが、これで、いつ、どこで、どんな形で死を迎えても、「しょうがねえ、幕の引き方はイマイチだったけど、最高の人生だった」とすっきり死ねると思った。

サンディエゴのコーストガード

能登半島沖不審船事案の約一か月後には、「みょうこう」はカリフォルニア州サンディエゴへ、アメリカ海軍、カナダ海軍との共同訓練を実施するために出港した。

サンディエゴに入港した時点で、コーストガード（沿岸警備隊）から立入検査の教育を受ける手はずがととのっており、私はそれに参加した。

コーストガードは日本の海上保安庁にあたるが、アメリカ西海岸最南端の都市サンディエゴは南米からメキシコを経由し米国に入る麻薬を食い止める最後の砦《とりで》だそうである。麻薬に関する凶悪犯を扱うことが多く、私の知る海上保安庁とは雰囲気がだいぶ違っていた。

とはいえ、北朝鮮の工作母船に乗りこむミリタリーオペレーションと警察活動では大きな隔たりがあった。武器一つとっても、基本的には自衛のための拳銃だけで行うものと、相手が小銃を持って待ち構えていることを大前提にしているものとの差は大きかったが、まだ何も知らない私にとって五日間の訓練は学ぶことが多かった。

そして何より私を有頂天にさせたのは、自衛隊のフットワークが軽くなったことだった。

能登半島沖不審船事案からわずか二か月で、我々がサンディエゴでコーストガードによる教育を受けることができたからである。それは今までは考えられないようなスピードなのだ。政府が本気で特殊部隊創設を考え、それが自衛隊に波及し、本気で特殊部隊創設の準備がなされていると感じたのである。

その後、日本に帰る直前の八月に、輸送艦三隻で編成される輸送隊司令部への転勤内示を受け、舞鶴に入港した日に横須賀へ移動した。

そして、転勤した二か月後には、海上自衛隊内に特殊部隊の創設準備を行う特別警備隊準備室を創設することが決定し、私はそこへ異動することとなった。

無茶な特殊部隊の創設準備

一九九九年一二月二〇日、私は「特別警備隊準備室」に着任した。これより創設する特殊部隊は、北朝鮮の高度な軍事訓練を受けた工作員が待ち受ける工作母船に乗りこんで、拉致されている日本人を奪還するための部隊である。

それは作戦として成り立つのかと思えるほど困難なものであり、だからこそ部隊全滅をも覚悟した作戦立案となる。ということは、そこに所属する隊員は、科学的な裏づけのある最も合理的な方法で作られた肉体と、世界最高の技術と、任務遂行のためには自分の肉体の消滅をも辞さない死生観を持っていることが絶対条件となる。

自衛隊の延長線上にある部隊ではない。どうしたらいいのかさっぱりわからないが、そういう部隊を是が非でも創らなければならないことだけは間違いなかった。

それが、あの時、日本海の真ん中で「航海長、お世話になりました。行ってまいります」「あとはよろしくお願いします」と言われた自分がここにいる理由であり、私はそのためにこの国に生まれてきたのだと思っていた。

特別警備隊準備室へ入ると、今から創る特殊部隊の初代指揮官になる人がたった一人でいた。その人は、私より階級は二つ上の一等海佐（海軍大佐）で、元々は戦闘艦艇乗りだが非常に優秀だったので海上幕僚監部（海上自衛隊の中枢部）や司令部での勤務が長く、会社員でいえば将来有望な本社勤務のエリート社員のような経歴だった。その人から告げられたのは次の三点だった。

・特殊部隊一期生の教育を三か月後に開始する
・教育開始の一年後に特殊部隊は創設され、そのさらに一年後には実戦配備となる
・部隊創設後、私は初代先任小隊長となり、現場で戦闘行為をおこなう組織の最先任者になる

そして、準備室員は準備室長と私と翌日着任する幹部一名と経理担当の下士官一名、総勢四名しかいないという。

びっくりである。今回ばかりは政府が本気なので、自衛隊も本気なのだと思っていたが、実は自衛隊が得意とする「本気じゃないモード」だったのだ。誰が考えたって

おかしいだろう。特殊戦という概念すら存在しないこの国の中に特殊部隊を創ろうというのに、創設準備のメンバーが四人しかいないのだ。

しかし、不満をぶつけている暇はない。三か月後には隊員の教育が開始されるので、次のことを大至急決定しなければならなかった。

・どんな人間を集めるのか？（↓死ぬのはしょうがない、いかに任務を達成するかを考えよう、と思える人間）
・何を教育するのか？（↓五里霧中）
・誰が教育するのか？（↓私がやるしかないが）
・どこで教育するのか？（↓江田島の秘匿《ひとく》施設か）

それと同時に予算要求ができるぎりぎりのタイミングなので、大至急、特殊部隊の新装備品を決定し、予算要求資料を作成しなければならないという。

さらに、一年三か月後の特殊部隊創設に間に合わせるため、基地建設の設計を大至急しろともいう。基地を建設する場所は決まっているが、何階建ての施設を何棟建設するのかは決まっていなかったのである。

とにかくすべてが大至急、しかも今までやったことがないことだらけ。特殊部隊員に教育する項目を決めろと言われてもどうしたものかと思うし、予算要求なんてやったことないし、施設の設計なんて俺がやることかよとも首をひねった。

第一、私は教育のお膳立《ぜんだ》てをして、場所を作って、装備品を揃《そろ》えることだけに専従できない。自分も教育を受け、訓練を積んで特殊部隊員になり、さらにはその隊員を指揮できるようにならなければならない。なぜなら、日本海をうろうろしている北朝鮮の工作母船が、いつまた日本人をかっさらいに来るかわからないからである。

実戦配備になるまで二年三か月しかない。その時に私は北朝鮮の工作母船に乗り移って、日本人を奪還するために銃撃戦を指揮しているのである。当たり前だ。そのために創設する特殊部隊だからだ。しかし、そんなに早く準備を進められるだろうか。どこから手をつければいいのだろうか。

こういう無茶な話は、自衛隊ではよくあることである。何人もの業務を一人が行わなければならない。どう考えたって無理なのに、なぜかいつもできてしまう。それは、形だけ整えるからである。

特殊部隊だってそれでいいのならできる。この期間で、この人数で、「存在するだけでいい」部隊なら創れる。が、今回は違う。日本という国は、日本人を連れ去っている最中だったかもしれない北朝鮮の工作母船を逃がしてしまった。そんなことを二度と許さないために創られる部隊なのだ。実戦配備になったその瞬間に出撃して、必ず日本人を奪還できる部隊でなければならない。

『007』をすべて観《み》ろ

確かに、自ら熱望し、願いが叶《かな》ってたどり着いた配置だった。「特殊部隊を創設する」という決定に、理屈抜きで心は躍った。でも、私の特殊戦に関する知識はゼロだったし、周囲の誰もがゼロだった。

特別警備隊準備室が設置された自衛艦隊（海上自衛隊の全兵力を指揮する、事実上の統括部隊）の指揮官は、着任の挨拶《あいさつ》で出向いた私に言った。

「おい、君は特殊戦のことに詳しいのか？」

「いいえ」

「そうか、じゃあまず、映画の『007』シリーズをすべて観ろ」

「ジェームズ・ボンドですか？」

「そうだ。あの映画には、特殊な装備品が結構出てくるぞ。映画で勉強したらどうだ」

「はい。わかりました」

これは、冗談ではない。海上自衛隊の全兵力を束ねていて、海上幕僚長に次ぐナンバー2の立場にある自衛艦隊司令官が、五〇代後半の年齢にして、本当に真顔で私に言ったのである。

結局、私は『007』を観なかったが、特殊戦に関する知識を得る手段は、書店で販売されている本を読むか、インターネットを見るしかなかった。本やネットにも正しい情報が含まれているが、それでは情報ソースが軍事マニアや特殊部隊オタクと変わらない、というのも事実であった。

特殊部隊創隊の過程において、やってよかったこと、よくなかったこと、ともに数限りなくある。よかったことの筆頭にあがるのは、すべての根拠となる〝よりどころ〟を一番最初に作ったことだと思っている。

それは、能登半島沖不審船事案が再度発生した場合に日本人を奪還する、という極めてシンプルで明確な目的を達成するための具体策、どうやって実際に日本人を奪還するのかという作戦計画だ。稚拙な計画ではあったが、本当にそのまま出撃する気で作ったものであり、一点の矛盾もなければ、仮定や想定など一切ないものである。

この作戦計画は、防衛庁が大蔵省（当時）に対して行う予算説明の根拠にもなったし、海上幕僚監部が防衛庁に行う装備品調達の根拠でもあった。また、特殊部隊隊長が海上幕僚長に行う特殊部隊員の選考基準説明の根拠にもなったし、私が隊員に行う訓練科目の実施理由でもあったのである。特殊部隊に関することであれば、どんなことを聞かれても常にこの〝よりどころ〟に立ち返って説明をした。

「能登半島沖不審船事案をきっかけに創設する特殊部隊ですから、まずは日本人を拉《ら》致《ち》している真っ最中の北朝鮮工作母船に乗り移って、日本人を奪還することができなければならないのです。そしてどうやって日本人を奪還するかといえば、今から作戦の概要をお話ししますが、この方法が現段階においては最も有効だと考えています」

このように切り出し、

「○○は、この作戦を実行するうえで必要不可欠なものであるため、要求しているのです」

というふうに締めくくった。

そんなこと当たり前ではと思う方がいらっしゃるかもしれないが、自衛隊が何かアクションを起こすときに根拠となる理由は複雑に入り組んでいるのが常だ。そして、装備品を調達した時の理由と、部隊の定員を定めた理由と、施設を建設した時の理由が、それぞれ微妙に嚙《か》み合っていないものなのである。

だから、自衛隊を知る人からはよく「ゼロからの創隊で大変だっただろう?」と言われるが、そんなことはなかった。作業量は膨大でそれこそ寝食を忘れてなんとかしたが、方向性で悩んだこと、理由や理屈をこねくり回したことは一度もない。

部隊創設後、特殊部隊が行う訓練に他部隊の協力が必要な場合も、この〝よりどころ〟を持ち出して部隊間調整をした。

「これが一〇〇点とは言えないが、少なくとも担当者として、今現在はこの方法が一番任務達成の可能性があると考えています。そのためには〇〇できる能力をつける必要があるので、この訓練を実施しなければなりません。よって〇〇部隊は、年間〇日間、この訓練の実施に関して協力していただきたい」

もしくは、次のように言った。

「前述した理由により、どうしてもこの訓練を実施する必要があります。よって、隷《れい》下《か》部隊に対し、『〇〇訓練に関し、特殊部隊を支援せよ』と命じていただきたい」

すべての部隊間調整を私が直接したわけではなく、特殊部隊の初代隊長、二代目隊長の強力かつ理詰めの、しかも捨て身のバックアップがあったからこそできたことだが、引き下がる必要など一度もなかったし、議論になったことすらなかった。

特殊部隊一期生

次は教育問題である。

特殊部隊員になるには、二年間の教育期間があるが、一年目は潜水やレンジャー技術など自衛隊内に存在する技術の習得なので、私は学生として教育を受ける立場だった。しかし、同時に二年目に実施するべき教育の準備も進めなければならなかった。それは、まだ日本では誰もしたことも受けたこともない特殊戦の教育である。ゼロから考えなければならない。一年目の教育を受けながら、余暇時間を使って、二年目の教育を行う一年間分の訓練実施要領をつくる。そんなことは物理的に不可能、と思われるだろうができた。しなければ特殊部隊ができないからである。

二〇〇一年三月、特殊部隊一期生の一年目の教育の終了と同時に日本初の特殊部隊である「特別警備隊」（ＳＢＵ：Special Boarding Unit）が創隊され、一期生に対し二年目の教育である特殊戦教育が開始された。これから先はいよいよ今まで誰もやったことのない特殊部隊員になるための教育で、私の立場は学生兼教官という奇妙なものだった。

二年目の教育が終了すると我々は自動的に実戦配備に就く。私は一期生に対し、まずこの教育がいかに特異なものなのかを説明した。

特殊戦教育初日の一限目、人数は明かせないが、ほぼ全員が二〇代の特殊部隊一期生は嚙みつきそうな目で私を見ていた。

「俺は、この部隊でたった一人だけ存在する教官だが、学生でもある。能力の差はない。だから俺から学べるものはない。しかし俺は教官として、ここの教育を仕切っている。しかも、やっていることはすべて誰もやったことのないことだ。だからとにかく、俺を疑え。やろうとすること、お前らにやらせようとすること、それらが間違っている可能性は高い。やり方の問題ではなく、もしかしたらやろうとしていること自体が間違いかもしれない。今日やる訓練で誰か死んだって、全然不思議じゃない。死んじまった人間は絶対に生き返らないからな。俺を疑う心を失うな」

若干言い過ぎたかもしれない。一期生は私のことを、今でも信用していない。

そして、こう続けた。

「訓練実施要領は、熟考に熟考を重ね、知恵を絞り尽くしてできた原案を、重箱の隅をつつくような審議を重ねて磨き抜き、ようやく隊長の承認までこぎつけたものだ。だから絶対の自信がある。ただしそれは、俺にはもうこれ以上の方法は思いつくはず

特殊部隊に勤務していたころ、軍艦の甲板にて。海上自衛隊では、旧海軍の軍艦旗をそのまま、自衛艦旗として使用している。

がないという自信に過ぎない。間違いないとか、安心してできるとかとはまったく別の自信だ。だから訓練前には必ず、なぜその訓練を実施するのか、という目的と、なぜこの方法が最善だと思うのか、という理由から説明する。納得がいかなければ訓練に参加しなくていい。お前らには納得できないことを拒否する権利がある。俺たちがやろうとしていることは、それくらいヤバいんだ。俺は、それくらいビビっている」

　実施直前に取りやめた訓練もあった。実施方法の変更のために延期したものもあった。実施寸前に見逃していた危険に気づいたのは、いつも彼らだった。本気だから気がつくのである。

ひがみ、やっかみを超える

　私は彼らに「俺のことを疑え」と言ったし、訓練の拒否権も認めていたが、彼らが全身全霊の本気で取り組むことを全身全霊、本気で求めた。

「お前、朝飯食ったか？」

「はい、食べました」

「なぜ食べたんだ」

「なぜ？　お腹《なか》が空いていたので食べました」

「家畜か、お前は？」

「えっ……」

「違う。違うんだよ。お前は、特殊部隊員になるために今日一日を生きるんだ。今日計画されている訓練をこなし、技術を身につけ、体力を向上させ、戦術を学ぶ。そのためには必要な栄養素を摂取しなければならないし、カロリーも必要だ。だから、お前は朝食を食べたんだ。勘違いするな」

　食事を疎《おろそ》かにするプロスポーツ選手はいないし、我々も同じだったが、ここではそんなことを言っているのではない。やることなすことすべてを特殊部隊員になるためだと考えろと言っているのである。とはいえ、彼らには真っ正面から本気を求めたが、訓練協力をしてくれる他部隊にそんなことは言えない。他部隊の協力を得ての訓練になると、従来の計画にはなかったのに我々の訓練を支援するためだけに出港をさせられる艦艇に乗せてもらうこともある。

　当然、歓迎されるわけはない。その風当たりは若い隊員に向けられた。

　借用している区画の清掃が雑だとか、我々の装備品を入れさせてもらっている倉庫の整頓《せいとん》状況が悪いとか、私にはほとんど言いがかりに聞こえる嫌がらせのようなことがなされていたようだ。

そして、ことあるごとに「お前たち、特殊部隊だからって特別扱いしてもらえると思うなよ」とか、「選ばれたと思って、調子に乗るな」とか、ひがみ、やっかみにしか聞こえない言葉を吐かれていたらしい。

しかし、そんなものは出港して二日までの話で、三日目以降は、夜になると我々の借用している区画にたくさんの握り飯が届けられた。その傍らには「訓練ご苦労様です。がんばってください」と書かれた紙が置いてあった。

特殊部隊の若い隊員がろくに食事の時間も与えられず、寝る時間も与えられず、暑さも、寒さも、疲労も、空腹もお構いなしに、次から次へと洋上でしかできない訓練をこなしていく姿を見て、協力的にならない艦はなかった。

これも、彼らの本気がなせる業なのである。本気とはそういうことなのだ。小細工も説明も一切必要ない世界である。

三日目になっても協力的にならなかったとすれば、訓練支援をしてくれている部隊ではなく、我々自身の姿勢に問題があるのだと思っていた。

人間の肉体はどこまで耐えられるのか

「通常の状態ではありません。が、訓練続行可能です」

我々は、この言葉に何度助けられたかわからない。これは、特殊部隊専属の医官がよく言ったセリフである。

彼は決して多くを語らなかったし、我々ともそう深いつき合いをしていたわけではなかったが、我々が何をしようとしていて、何に困っているのかはよく理解していたのだと思う。それを医官という立場から支援してくれた。

我々の最大の関心事は、どこまで人間の肉体が耐えられるのか、であった。

特殊戦教育とは、突き詰めれば普通の兵隊ではできないことをできるようにするということである。それが困難な技術を身につけるということであれば、動作を分析して、理論を理解し、それを気が遠くなるほど反復演練する、という行為でなんとかなる。

だが、肉体の開発となると、どこまで耐えられるのかがわからない。まだ行ける。まだ大丈夫、と思っていると突然限界がやってくることがあるからだ。

特に神経を使ったのは暑さと寒さであった。我々が経験した最低体温は二八℃で、最高体温は四一℃である。その開きは実に一三℃もある。

隊員本人も、教官の私も、耐えるべきなのか、これ以上耐えれば死亡するのかを迷った時は、いつも医官が判定を下した。

必要なドクターストップは当然ありうるが、彼は「大事をとって訓練を中止しましょう」など、あやふやなことは一度も言わなかった。いつも「通常の状態ではありません。が、訓練続行可能です」と判定した。

この言葉を信じて我々は、自分たちの肉体の限界をじょじょに、慎重に広げていった。

もっとも重要な隊員の素養

海上自衛隊内に特殊部隊の創設が決定され、準備室が創られ、最初に決めたのはどんな隊員を集めるかだった。

私が、特殊部隊員の素養として一番重要視したのは、人生観、死生観だったが、それを画一的に評価する手段はなく、選抜の際にフィルターをかけることができなかった。苦肉の策として、身体能力や水泳能力、視力などの条件に付け加える形で、「特殊部隊への転属を熱望していること」を募集要件とした。

結果的にはこの要件が、精神性を振り分ける非常に大きなフィルターとなった。

創設予定の特殊部隊に関する情報は、海上自衛隊の中にもほとんどない。どこにできる部隊なのか？　どんな処遇になるのか？　任務は？　どんな服装で何をするのか？　その職にずっと就いていられるのか？　とにかく何から何までわからない。それらは創設しながら決めていったことがほとんどだったからである。

すでに決まっていたこともあったが、募集に携わる者が情報をどこまで開示していいのかわからず、秘密のベールに包まれたままだった。

そんな実像が見えない部隊にどうしても行きたいという者以外は採用しないとしたのだから、結果、だいぶ変な奴《やつ》らが集まってきた。

変わり者であることが共通項だったが、その中には私が意図した「任務完遂に己の命より大切なものを感じ、そこに喜びを見いだせる人生観」を持つ者もいたし、そうではない者もいた。ただ、後者の数は非常に少なく、彼らは早い段階で自ら去っていった。

二期生も同様の者たちが集まった。それ以降は、どういう隊員が行ったのか、どういう隊員が途中で帰ってきたのかの噂《うわさ》が四万二〇〇〇人の海上自衛隊内に広まったので、意図したタイプの者がより多く集まるようになった。

特殊部隊員になるための教育期間は二年間あったが、その全期間を通じて最も厳しいものは訓練ではなく、人生観をチェックする時だったと思う。

何を確認するかというと、特殊部隊員になることへの執着心だ。詳細は明かせないが、強いストレスを与えてどこまで耐えられるかをじっくり見る。特殊部隊への入隊を希望してくるような若者は強い肉体的なストレスを与えても気絶するだけで、心が折れるということはない。気絶できない肉体的ストレスを連続して、エンドレスでかけ続けると、心の折れる者が出てくる。

最後まで残るのは、夢や願望や憧《あこが》れではなく、周囲からの期待や敬意や応援でもなく、特殊部隊を必然として志願した者だ。「残念ながら自分にはこれしかない」という気持ちにならないと耐えられない。この部隊で仕事をしない限り、この心と身体《からだ》を生かしきれない。特殊部隊に入らねばいつか必ず激しく後悔する。そういった感情がわき上がらない限り、耐えられないストレスだからである。

このチェックを通過した者は、お互いが同族種で親愛の対象であり、生まれも育ちも違うが、死ぬ時は一緒だろうと思える間柄になる。

こうして、暗中模索、試行錯誤を積み重ね、ついに実戦配備となる日を迎えることになった。一九九九年三月二四日の能登半島沖不審船事案から三年と三日が経過していた。

結論から言えば、零点ではなかったが、一〇〇点でもなかった。日本人を奪還できる部隊でなくはないが、まだまだ進化の余地を大いに残していたからである。

前日まで学生兼教官という奇妙な立場だった私は、実戦配備に就いたその日から、新たに三つの顔を持つことになった。

一つ目は、実戦配備に就いている特殊部隊員としての顔だ。私自身は第三小隊長だったが、配備に就いている三人の小隊長の最先任者であるため、特殊部隊全体の現場指揮官としての顔を持っていた。それは、作戦行動となれば全小隊を投入する可能性が極めて高いためである。ゆえに、他の小隊員であっても別組織の者というのではなく、みんな自分と一緒に作戦行動をとる隊員という感覚であった。

二つ目は、二期生の教育をするたった一人の教官としての顔だ。

三つ目は、新戦術、新戦法、新装備品の研究、導入を行う担当者としての顔である。

よって私は常に、部隊の中の者をさらに高いレベルに引き上げる姿勢と、部隊に入ろうとしている学生（二期生）を育てる姿勢と、部隊の外のもの（新戦術や装備品など）を品定めする姿勢を維持している必要があった。

潜水訓練中、事故発生

実戦配備をしてからも忘れられない日付はいくつかある。その一つが、二〇〇二年一二月一二日だ。

特殊部隊創設から、およそ一年と八か月半が経過したこの日、私は、二期生に対して特殊な射撃訓練を夜間に実施していた。

何が特殊かというと、通常の射撃訓練では、射撃指揮官の号令に従って決められた場所から決められた標的に対して決められた弾数を撃つが、その時の射撃訓練では、撃つ場所も撃つもの（標的）も撃つタイミングも撃つ弾数もすべて決まっていない。射撃をしている射手が射撃をしながら決めるのである。

しかもそれを複数の者が同時に、高速で移動しながら実施する。だから三六〇度、どの方向にも撃てる特殊な射場で実施する必要がある。

この訓練にシナリオがあるわけではないので、射線（自分の銃と標的を結ぶ線）を仲間が横切ることもあり、その時に発砲すれば仲間を撃つことになる。その逆もある。自分が仲間の射線を横切っている最中に仲間が発砲すれば自分が撃たれる。

人を成長させるのは、失敗への反省とそこから得た教訓の積み重ねである。失敗がなければ成長はないが、この射撃訓練だけは失敗をさせるわけにいかない。人が死ぬからである。

訓練を止めるタイミングが一瞬遅れれば、射殺死体が転がることになる。早すぎれば訓練効果が著しく低下する。過剰に安全に傾けば効果の低い訓練を重ねることになり、それはそのまま本番で死体の山を築くことになる。

非常に神経を使うその訓練の最中のことだった。突然、無線機から切羽詰まった声が流れてきた。

「各部送話やめ、実際、実際、実際、死亡事故発生、死亡事故発生。潜水訓練中の死亡事故、海中より引き揚げ搬送中、当該者A三曹、繰り返す……」

別の小隊が実施していた夜間潜水訓練で死亡事故が発生したというのである。

私は射撃訓練の支援に来ていた者にすぐ言った。

「おい、Aが死んだぞ」

「そうですか、潜水で?」

「そうだ」

「わかりました。学生には訓練が終わるまで伏せてください」

「そうだな。学生が動揺して、こっちでも死人が出たら困るしな」

支援に来ていた者は、A三曹の先輩で、A三曹が自衛隊に入隊した時から彼を知っていた。二人は長いつき合いだった。後輩が死んだことを知り、一瞬暗い表情を見せたが、彼は何事もなかったかのような表情で学生の方に向き直り、訓練に関する指示と指導を続けた。

私は、A三曹への個人的な感傷はさておき、一番惜しい奴が最初に逝《い》っちまったと思った。それはAのずば抜けた戦闘能力を、日本人を奪還する本番で使えなくなったからである。そして、ついに死者を出してしまったと思った。

ここは普通の自衛隊ではない。明確な国際情勢の悪化の末に下令される防衛出動によって本番を迎える部隊でもない。絶対に弾が飛んでこない災害派遣を本番と思っている部隊でも、もちろんない。

北朝鮮の工作母船から拉致されている最中の日本人を奪還せよとの命令が、今にでも下るかもしれない部隊なのだ。行けば死人が出ずにすむはずがない。だから、本番での死者を減らすため、より効果的な訓練をするのだ。

そうした訓練は、当然、危険度が高いものになる。夜間ノーライトでの潜水訓練にせよ、夜間の特殊な射撃訓練にせよ、ちょっとしたミスで簡単に死者が出る。

「訓練を中止しないでください」

事故当日の話を続けたい。

死亡事故発生の第一報を受けてから、三〇分程度が経過しただろうか。訓練を終了して帰投せよとの無線連絡が入り、私は訓練を中止し基地に戻ろうとした。その撤収作業中に一名の学生が文句を言ってきた。

「小隊長、なぜ訓練を中止するんですか、やらせてください。お前たちにとって最優先なのは訓練で、それより優先しなければならないものはないって、いつも言ってるじゃないですか」

「そうだな、お前たちにとって最優先すべきものは訓練だ。だけどな、今回は俺が戻らなくちゃならないので中止する。撤収作業が終了したら全員集めろ。説明する」

年の瀬迫るこの時期の学生には焦《あせ》りがある。あと三か月で実戦配備になり、先輩と同じ土俵に立たなければならない。その時に一人前以上の能力が発揮できなければ、自分の存在のせいで任務が達成できなくなるかもしれないし、死ななくてもすんだ仲間を自分のミスで死なせることになるかもしれない。その焦りは、ほとんど恐怖に近い。

集合した学生に訓練を中止した理由を説明した。

「訓練を中止した理由は、お前たちに何かがあったからではない。お前たちのためでもない。俺がこの場を離れなければならなくなったからだ。第一小隊の夜間潜水訓練中に死亡事故が発生した。死亡したのはA三曹だ。事故処理のために、やむなく訓練を中止する。よく見ておけ。心して見ておけ。A三曹は明日のお前たちだ。これがこの部隊の実態だ。非戦闘損耗《そんもう》、戦闘中でない訓練中の死亡事故、あってはならないことだが、今後も必ず起きる。絶対になくすということはできない。航空機事故と同じだ。どんなに注意をしても事故は必ず起きる。起こさないように細心の注意を図るが、絶対に起きる。航空機事故が起きてしまったら、洗いざらいすべてを白日《はくじつ》の下にさらし、なぜ発生したのかを調査し、改善し、再び飛ぶ。我々もそうだ。すべてをさらけ出し、本当の原因を突き止め、改善し、訓練を再開する。我が身かわいさでなにかを隠したり、真実と異なることを言ったりすることは許さない。その第一回目を今からやる。よく見ておけ」

いったい何が起きたのか

事故の詳細は書くわけにはいかないが、概要はこうだ。

潜水訓練中に、ある二人組のうちの一名が水中で気絶し沈降し始めた。もう一名が沈降していく隊員を抱きかかえて緊急浮上し、海面までたどり着くと、赤いライトを振って緊急事態が発生したことをレスキューボートに知らせた。赤いライトが振られているのを発見したレスキューボートには、訓練管理をしている小隊長、レスキューダイバー、ボートドライバー、ドライバー補佐らが乗っていた。現場に到着したボートからレスキューダイバーが直ちに飛び込み、気絶している隊員を水面から押し上げ、同時にボートにいる全員で引き揚げ、ボート上に揚収した。

小隊長は、海面にいるレスキューダイバーと海中から引き揚げてきた隊員に、「この場を動くな、すぐに戻ってくる」と命じ、全速力で特殊部隊に配属されている医官が待機している岸壁にボートを向かわせた。岸壁に着くと直ちに医官による救急処置が行われ、ようやく到着した救急車に隊員を乗せると、小隊長と医官はそのまま救急車に乗って病院に向かった。

小隊長に「この場を動くな、すぐに戻ってくる」と言われた二名は海面で待機していたが、ボートが戻ってくる様子はなかった。しかし、いったん動いてしまえば夜の海で人を発見するのはまず不可能であるため、うかつに動けなかった。そのうち、潜水訓練をしていた隊員がレスキューダイバーに「寒い、寒い」と言い出した。「暑い、寒い、痛い、辛《つら》い」という言葉を口にする習慣のない部隊なのに「寒い」と言い出したために、レスキューダイバーはこのまま待機していると低体温症になる可能性が高いと判断、自力で岸壁まで移動することを決意し、「寒い」と訴える隊員を引っ張りながら岸壁への移動を開始した。

移動し始めるとすぐに「寒い」と言っていた隊員が無言になり、無言になるとすぐに気絶し沈降し始めた。レスキューダイバーは、引っ張るだけではなく、気絶している隊員の呼吸を確保するために抱きかかえ、引っ張りながら、移動しなければならなくなった。この時のレスキューダイバーは、特殊部隊の中でもずば抜けた体力があった。あの距離を人を抱えてあの時間で泳ぎ切ることは、彼でなければできなかったと思う。ようやく岸壁にたどり着いた彼は、「おーい」と一声あげるのが限界で、その場にへたりこんでしまった。

岸壁で撤収作業をしていた隊員たちは、わけがわからなかった。真冬の真っ暗な海から人が「おーい」と声をあげて、その場にへたりこんでしまっているからである。

近づいてみると、なんと身内で、レスキューダイバーに指定されていた隊員だ。口もきけない彼が指さす方向には、気絶している別の隊員が横たわっている。頭には「どうしてここにいるんだ？」しか浮かばなかったが、とにかくそのままトラックに乗せて、病院へ向かった。

病院では、特殊部隊の医官と病院の医師が、救出された隊員に救急処置をしていて、小隊長はそこにつき添っていた。隊員は直腸温度が三〇℃まで低下していたものの、意識が戻った。ところが、そこにさらに気絶した状態で海から引き揚げられた隊員が運ばれてきたのである。

それを見て、小隊長はボートを行かせるのを忘れていたことにようやく気づいた。その隊員の直腸温度は二八℃しかなかった。この状況が、混乱している小隊長と、わけがわからぬままにトラックで隊員を運んできた者からの連絡で正しく伝わるわけがない。何が起きているのかさっぱりわからない。何人が病院にいるのか、死んでいるのか、生きているのか、すべて辻褄《つじつま》が合わないのである。

射撃訓練をしていた私が基地に戻った頃にようやく全容が見えてきて、二八℃しかなかった隊員の意識も回復した。死亡事故発生の第一報で始まった一件だったが、結果的に死者は出なかった。

事後処理の理想のかたち

その後、あの日に何が起きていて、事故の原因は何で、再発を防ぐためには何をする必要があるのかを究明するための作業が続いた。それが終了し、その結果を周知するためのミーティングを全隊員に行った。その場で私は医官（前出の医官とは別）に質問をした。

「事故発生を聞き、自分が岸壁にいて、気絶している隊員を乗せたボートが全速力でこちらに向かっている時、『最初に何をする。次に何をする』ということを考えていたと思うのですがそれはなんですか？」

「まず最初に、自分に言い聞かせたのは、『隊員を助けることはできないんだ。どんなケースでも助けられるわけではないんだ』でした。そして次に言い聞かせたのは、『でも、防衛医大に入学して医学の勉強を始めて以来、たくさんのことを学び、多くの経験を積んできたのだから、何もできないということはないだろう。何かできるはずだ。それをひとつひとつしてみよう』でした。『何が何でも救う』とか、『絶対に助けてみせる』と考えてしまうと、自分自身がパニックになってしまうからです」

プレッシャーがかからないと本気になれない者、プレッシャーがかかると押しつぶされてしまう者、人は十人十色いろいろな性格がある。

やる気のないように聞こえるかもしれないが、この医官の発言は、自分の性格を正しく評価し、自分の能力を最大限発揮するためにはどういう精神状態にするべきかを理解しているからこその内容であった。その根底には、やはりどうしても救いたい、何とか助けたいという強い情熱があるように感じられた。

この一件が、最初の大きな訓練事故だった。

幸いにして死者は出なかったが、組織が理想とする事後処理ができたと思っている。それは、すべてのことを白日の下にさらし、なぜ事故が発生したのかを調査し、突き止め、改善したことだ。我が身かわいさでなにかを隠したり、真実と異なることを言ったりする者はいなかった。

訓練の再開については、初代隊長に相当なプレッシャーがあったと思う。私には想像もつかない。しかし、ミーティング終了時に私が「隊長、最後に一言お願いします」と促すと、初代隊長は「これで事故調査を終了する。速やかに訓練を再開しろ」とあっさり言った。

はだかの王様になりたくない

そうやって三年目、四年目と時が過ぎ、順調に部隊としての戦闘力は高まっていったが、ある日突然、私はたまらない恐怖を覚えた。

それは、自衛隊に多数存在する「はだかの王様」に、自分もなってしまうのではないかという恐怖であった。

「はだかの王様」とは、何をしても祭り上げられ、間違いを指摘されることなく扱われる者である。私には、なる条件が十分に備わっていた。

特別警備隊の中には隊長、副長という上の存在もあるが、実際に現場に突入する特殊部隊員の中では、私が階級も年齢も一番上で、部隊創設のきっかけになった事件にも遭遇している。特殊戦に関するすべての教育を受け、すべての教育も自分が教官として実施してきて、すべての戦術・戦法、新しい武器、新装備品の導入に絡《から》んでおり、しかもそのほとんどは私が持ちこんだ情報によるものだ。

だから、私の間違いや勘違いを指摘しづらい雰囲気になる可能性は、非常に高いと思い始めたのである。しかも私自身が、その指摘を「助言」「注進」と受け取れず、「反抗」「抵抗」と感じてしまうようになることだって、十分にあり得るとも考えた。

私が「はだかの王様」にならないためには、階級、年齢に基づく上位者という概念を自分の中から外さなければならないし、上位者として扱われないようにしなければならない。

まず思いついたのは、隊員に敬語を使わせないようにすることだったが、これはなかなか難しくて、ごく一部の者しかできなかった。が、最終的には杞憂《きゆう》となった。なぜなら私は部隊創設期から間違いをたくさんおかしてきたから、なりたくても「はだかの王様」になれないのである。

すべてが初物だった一期生、二期生のみならず、三期生以降も、教育科目はどんどん更新したので初めてやる訓練が必ずあり、初めてやる訓練には必ずといっていいほど間違いがあった。だから、最初は私に話しかけるのに躊躇《ちゅうちょ》があっても、三か月もすると二〇歳過ぎの、私より一回り以上年下の者が「それ、危なくないですか？　こうしたらどうでしょうか？」と言うようになる。

私の間違いは彼らの生死に直結するし、少なくとも尋常じゃない量の出血や骨折を余儀なくされるからである。彼らは私の間違いを指摘しないわけにはいかない。

子供の頃からスポーツの世界にいて、体育会の典型である日体大の合宿所で育った私としては、一回りも年齢が下の者から、指摘を受けるなどいうことが本当にできるのかと思ったが、やってみれば簡単なことだった。

それは彼らが立派だからではなく、これもまた彼らが本気で、彼らが正しかったからである。本気の者が本気で考えてする正しい指摘に腹が立つことがあるはずがないのだ。実際に作戦行動をする私以下の小隊員というのは、礼儀、礼節とは別次元でのつき合い、本気で一緒に生命を閉じる仲間としての人間関係があった。

その人間関係の中で出撃待機し、技量の向上に努め、新戦術、新装備品の研究、開発をしていたが、それは突然終わった。

突然の異動の内示

「人事部は、お前を艦艇部隊へ異動させるらしいぞ」

「いつまでもいられないのはわかっていますが、あと二年必要です。あと二年すれば自分で情報を取って、自分で成長できる部隊になります。断ってください」

二〇〇七年二月。この年の初めに防衛庁は防衛省と改められた。突然、三代目の特別警備隊長から艦艇部隊への転出の内示を受けた。それなりの栄転ではあった。

通常、自衛隊の幹部は一年から二年で異動するが、私は足かけ八年も特殊部隊にいた。そんなに長く私がいたのは、歴代隊長が私の転出人事を断ってきたからである。三代目の隊長に「なぜ、断らないのか」と聞いたのだが、その理由はよくわからないものだった。

「今の副長は、お前の同期だろ。ということは、次の副長はお前の後輩になるんだよ。それはできないんだって、人事部の担当が言ってた」

「じゃあ、私が降格すればいいんですね？　所在不明になりますから、それを理由に私の階級を下げたらどうでしょう」

認められないことはわかっていた。それができる隊長であれば、すでに人事を断っているからである。

私が残るべきだと考えたのは、足かけ八年という時間をかけて、ようやく特殊戦というものの核心部分を理解してきて、他国の人間と対等に特殊戦についての会話ができるようになってきた時期だったからだ。これを後輩に伝えるのにあと二年必要だった。また、本来、人と人のつながりは後輩に受け渡すことはできないが、二年かければ後輩に受け渡すことができるとも考えていた。

特殊部隊の創隊に着手し始めた時、日本のどこにも特殊戦に関する蓄積はまったくなかった。日本は特殊部隊というものを、旧軍の時代も自衛隊になってからも保有してこなかったからである。

それを補うために他国の特殊部隊との交流はあったが、軍隊というのは、相手と余程レベルに差がない限り、他国に技術も戦術も教えない。こんなことは至極当然の話で、教える相手がいつ敵になるかわからないからである。プロ野球チームだって、小学生に野球を教えることがあっても、同じプロには教えない。

ところが、これが一人の人間と人間の関係になると話は変わる。国家が禁じている守秘義務を犯して、こちらに情報を流してくれるということではなく、こちらが知りたいことを知っている民間人を教えてくれるのである。

戦法として確立している内容をしゃべるわけにはいかないが、それを腑分《ふわ》けすれば普通の技術の組み合わせであり、その個別の技術を持っている民間人はいる。実は、狭い分野に特化している民間人の方が技術レベルは高い。だから、パラシュートにしろ、潜水にしろ、射撃にしろ、ナイフ格闘にしろ、私の師匠はすべて民間人である。

多くの師匠やその人たちを紹介してくれる軍人との人間関係を築くのには時間がかかる。自分で休暇をとって、飛行機に乗り、彼らの家に行き、一緒に食べたり飲んだりしながら、お互いの人間性を理解し合わなければならないからである。

そういうつながりは、一緒に過ごした時間が長くなれば長くなるほど太くなり、広がっていく。八年という長い年月をかけて作ってきた国内外の人的ネットワークからの情報が、部隊の戦力化に大きく役立ったことは間違いない。

この情報ソースを捨ててしまうのはあまりにも惜しかった。

残念ながら防衛省は、自国の特殊部隊の現状を理解していない。情報ソースを維持しようという発想はなかった。

であれば、自分で維持するしかない。

転出の内示を受けた私の選択肢は一つで、それは退職だった。

退職すれば、もっと自由に動けるし、必要があればどこへでも行って、そこで自分が技術を習得し、日本に持ち帰って普及させられる。その方が自分という人間の使い道として、艦艇部隊で仕事をするよりも、はるかに国益に資することができる。

私は退職した。

なぜ退職に至ったのか

退職したその日、二〇年間いた自衛隊について考えた。

入隊の朝から、辞令を受け取るまでの二〇年間いろいろなことがあった。もし、まだ軍国ばばあが生きていたら（特殊部隊創隊後に死去）、何と言うだろうかと想像したし、決して語ることはないだろうが、父はどう思うのだろうかとも考えた。

能登半島沖不審船事案に遭遇するまで私は、自衛隊と憲法との矛盾にジレンマを感じていた。それは私の自衛隊入隊の動機にも問題がある。

前述した通り、私は、日本体育大学の四年生の秋、決まっていた高校の体育教員の道に突然、興味を失った。それは、教員という職業についたら完全燃焼できない人生を歩むのではないかと思い始めたからで、そのタイミングで頭に浮かんだのが自衛隊だった。自衛隊のなんたるかもわかっていないのに、軍組織に行けば完全燃焼だけはできるだろうと勝手に決めつけて、そのまま入隊してしまった。

要するに覚悟なく自衛隊へ入隊してしまった。これが、大問題なのだ。

では、どんな覚悟が必要だったのか。

自衛隊とは、世界の中で、いや人類の歴史のなかでたったひとつ、その存在に疑問符が投げかけられているのに、その疑問符を投げかけてくる人たちのために自分の生命を捨てなければならない組織なのである。

私には、そういう組織の中で生きることの覚悟がなかったのだ。

こう書くと、日本にはとんでもない輩《やから》が大勢いて、彼らを私が批判しているようにも読めるかもしれないが、そういうことではない。その証拠に実は私もその疑問符を投げかける輩の一人だったし、現在もそうだからである。

入隊の初日、公《おおやけ》のために命を捨てる覚悟で来ている者なんか存在しないと思って打ちひしがれた。そのうちに実は結構本気の奴らがいることを知り、勇気づけられた。その狭間《はざま》で生きているうちに、本音と建て前を巧みに使い分けながら、どうにもならない矛盾を乗り越えようとする自衛隊という組織に慣れていった。

どうにもならない矛盾を感じながら、何とか筋が通るようにがんばってみたり、あるべき論を考えようとするが、所詮《しょせん》無理がある。装備品にしろ、訓練の項目にしろ、必要性について突き詰めていくと「戦力じゃないし、交戦しないのに、なぜ?」に行き着いてしまうからだ。

だから、「なんのために」という目的を考えない癖がつき、知らず知らずのうちに発想が現状維持という完全に官僚化したものに支配され、自衛隊という組織の中でしか通用しない処世術だけがどんどん巧みになっていった。

そんな時に能登半島沖不審船事案に遭遇し、自衛隊という組織が存在する必要性を体感し、特殊部隊の創隊にかかわったことで、人生が変わった。のめりこんでいった。

そして、のめりこみすぎたからなのか、自衛隊を退職することになったのだ。

「生きていたい」本能を外す

退職した二日後、民間人であっても、撃てて、潜れて、平和ボケしないところに身を置くために、何のあてもないフィリピンのミンダナオ島に向かった。

私の執着心と幸運と多くの人の好意により、住み着く環境は整った。治安が想像以上に悪く、銃の携行は当たり前、発砲も日常茶飯事。死体を見る機会が多いというのに、そんなことはニュースにもならない場所だったが、それ以外は、ほぼ思い通りだった。

生活基盤ができあがるとすぐに、現地の海洋民族の一人をトレーニングパートナーとして雇った。ダイビングショップの支店責任者として働いていた二二歳の女性だった。もともとは彼女の持つ海における浮上、潜行、上陸、離脱に関する技術に魅力を感じて雇ったのだが、実際はそれどころではなかった。射撃、ナイフ、素手、戦術、心理戦にいたるまですべてを教わった。

私は、日本の特殊部隊の創隊から関わり、すべての教育を受けて、すべての教育をして、すべての教官資格を持っていたが、彼女にまったく歯が立たなかった。だから今私が持っている戦闘能力のほとんどは、特殊部隊を辞めた後にミンダナオ島で習得したものなのである。彼女は私にそれらを指導したというのではなく、私の取り組む姿勢、考え方、人生観にあきれ、忌《い》み嫌い、トコトン馬鹿《ばか》にして、憤激した。

今になって考えると、なぜ自分はあんなことをしたんだろうと思うが、当時は大まじめにやっていた。

例えば、格闘の訓練をするときに道着を着てやろうとした。彼女にも着てやるように言った。最初は珍しがっていたが、訓練を始めようとすると罵詈《ばり》雑言《ぞうごん》が降ってきた。

「なぜ、こんな技がかけやすい特別な服を着るのか」

「あなたは、この服を着てコンバットするのか」

「なぜ、本番と同じ環境でしようとしないのか」

「シャツが破れるのが嫌なのか、襟が伸びるのを避けているのか」

道場がないので、バドミントンコートで寝技の訓練をしようとしたときも罵詈雑言の雨あられだった。

「日本人は、バドミントンコートで戦争するのか」

「なぜ、こんな平らなところでするのか」

「なぜ、本番と同じ環境でしようとしないのか」

「怪我《けが》するのが嫌なのか、痛いのを避けているのか」

そして、いつも最後の台詞《せりふ》は決まっていた。

「どうして、本番と違う、訓練しやすい環境でやろうとするんだ」

「あなたは、何がしたいんだ」

「あなたは、本気じゃない。真面目《まじめ》じゃない」

一度も反論できなかったし、自分でも「本気じゃないからそうなるんだ」と思った。

「真面目に考えていないから、こんなことをやってしまうんだ」とも。

特殊部隊の創設に関わることになった時、これでやっと本気で生きることができると思い、それから足かけ八年、常に自分は本気で真剣に生きていると思っていた。その気持ちを貫くために自衛隊も辞めて、こんな治安の悪い、まったく身寄りのないところに住み着いた。

ところが、連日、「本気じゃない」「真面目じゃない」と二〇歳も年下の女性に言われ、一切反論ができない生活が続いた。その現実に打ちのめされ、絶望した。それでも、戻るところはないし、他にやることも、できることもなかった。やり続けるほか道はなかった。

その罵詈雑言も、そう長くは続かなかった。それは「本気じゃない」「真面目じゃない」と言われている理由が、自分で思っている優先すべき順位と実際に優先している順位が食い違っているという、その一つの問題に起因していると気づいたからだった。

格闘の訓練時に道着を着たのも、バドミントンコートで寝技をしようとしたのも、技術を習得しようということより、彼女に指摘されたように、服が破れたりするのを嫌がったり、怪我をしないことを優先してしまっていたからである。

これはまだ軽い話で、実は非常に根が深い問題なのだ。知らず知らずのうちに他のことを優先してしまう習慣の最たるものが、自分が生きていたいという本能をいつの間にか最優先してしまうことだからである。

彼女から教わった物事はたくさんあるが、一番の財産は本能を外して考える姿勢である。

任務を達成しようとするとき、まず、考えなければならないのは、確実に達成できる手段だ。それを確立できて初めて、より損耗の少ない手段はないかと考えなければならない。最初から損耗のない範疇《はんちゅう》で手段を考えるのは間違いである。

今でも、ちょっとでも気を抜くと「生きていたい」という本能が絡みついてきて、思考の範囲を狭めようとするが、この本能を抑えこむ方法は確かにある。本能を発想の根源部分に混濁《こんだく》させない方法を習得した時に、彼女から学ぶものはなくなった。

それは実に単純なもので、かわしたり、さばいたりはするが、決して止まらず、まして や退かず、前へ進み続けることなのである。しかし、これを字面《じづら》ではなく、激痛や大量出血の中で、感性として習得する必要があった。

ペナルティーと実行の天秤《てんびん》

〝いくさごと〟で一番大切なことは、異国の二〇歳も年下の女性から教えられた。それは私がずっと捜し求めていたもので、一つのことに本気になる、一つのことを真面目に考えるという姿勢そのものだった。

そして、それを習得した瞬間に思い出したのは、父親の言葉だった。

「暗殺なんか、簡単だよ。殺すと決めたのなら、それだけすればいい。周囲を巻きこみたくないとか、自分が生きていたいとか、ひどいのになると捕まりたくないとかな、二つも三つも欲しがるから難しくなるんだ」

これは、一九八三年にフィリピンのマニラ国際空港で、マルコス独裁政権の批判者だったベニグノ・アキノ氏が暗殺された時の父のコメントだ。日体大の一年生だった私がたまたま帰省していたところ、このニュースが流れて、「軍部の関与がどうのこうのと言ってるけど、それだけ暗殺は難しいのかな」と私がつぶやいたら、父がこう応《こた》えたのだ。

私が育つ過程において、否定し、決してああいう大人になってはいけないと思って見ていた父の姿そのものに、私の捜し求めていた〝いくさごと〟の本質があった。

考えれば、父はもっと前にも私の人生に決定的な影響を与える話をしている。あの一言が私の生き方を決めてしまったのかもしれない。

一〇歳の時だった。その時、私と父は、テレビのワイドショーを見ていた。生中継のその番組に出演していた人が、一緒に出演していた人に向かって、冷静に普通の表情で、「お前を殺す」と言った。

威嚇《いかく》や冗談ではなくて本気で言う「殺す」という言葉に凍りついた私は、すぐさま父に質問した。

「父さん、人を殺しちゃいけないよね？」

「まあな」

「人を殺したら死刑になっちゃうよね？」

「そうだな」

「死刑になったら、駄目だよね？」

「駄目ってことはない」

「でも、人を殺しちゃいけないよね？」

「いいことじゃない」

不意に父の表情が変わった。

「それより、お前は死刑になるからってやめるのか？」

「え……」

「死刑になるくらいでなぜやめるんだ。死刑になろうが、なんだろうが、やらなきゃならないことってあるだろ。死刑になるくらいのことでやめるな。やれ！」

これが私の人生を決めてしまった。

科せられるペナルティーの大きさで自分の行動を決めるな、という父の真意を理解するのには数年を要したが、アメに魅《ひ》かれることもなく、ムチを恐れることもなく、ただ自分の信念で行動を決める人生に憧れてしまった。

自衛隊失格

あれから四十有余年、未《いま》だにアメを見れば寄っていくし、ムチにもビビっているが、人生を終えるその瞬間まで、自分の信念だけで行動を決める生き方に、憧れ続けるし、最後まで目指す。

私は、そもそも自衛隊員として失格だったのだと思う。

理由は、本気過ぎたから、本気じゃなかったから、というものではない。

私は、アメもムチも効かない人生を勘違いしていた。アメもムチも効かない人間は厄介者なのである。当たり前だ。矯正が効かないからである。

「命もいらず、名もいらず、官位も金もいらぬ人は、始末に困るものなり。この始末に困る人ならでは、艱難《かんなん》を共にして国家の大業は成し得られぬなり」

西郷隆盛の『南洲翁《おう》遺訓』の中の一節だが、国家の大業といわずとも、この種の人物は必要だし、確実に存在している。私はそういう人間を何人も知っている。

私の失敗は、そういう者たちが暮らしやすい世界を自衛隊の中の特殊部隊に求めたことだった。

始末に困る者に、暮らしやすい場所はない。暮らしやすさなんぞを求めてはいけないのだ。

暮らしにくい人生をそのまま生きればいい。そう生きるしかないのである。

それでも私は、そういう生き方に憧れ、目指してきた。今も目指しているし、これからも目指し続ける。そのように生きようとする人たちのために、自分の残りの人生も使おうとしている。

私は、自衛隊失格だった。

あとがき

書名の『自衛隊失格』は、自衛隊がなにかに失格しているという意味にもとれるが、著者としてその意図はない。私が自衛隊員として失格だったのである。

現在、私は五三歳。東伊豆と東京の二か所に住まいがあり、一年のうち三分の一くらいは国内外を飛び回っている。

国内外の警察や消防のインストラクターを引き受けたり、警備会社やダイビング器材メーカーの手伝いをしたり、一般企業の社員研修を請け負ったり。こうして原稿の執筆に明け暮れる日も少なくないし、講演を依頼されることもある。また、現役自衛官などに私の持てる知識と技術を伝授する、私塾のようなものも定期的に開いている。

特殊部隊からの転属の内示を受けたとき、辞めるべきだと思ったが、真っ先に頭に浮かんだのは「無理だ。食っていけない」だった。

自分一人ならどうにでもなるが、二人の子供に生活費を送る必要がある。当時はそれだけで精一杯であり、辞めて面倒をみられる自信がなかった。安定した高給を食《は》んでいた自分が、四二歳にして無収入になること自体が恐怖だった。正直、恐ろしさに手が震え、慌《あわ》てて両腕を組み、震えを押さえ込んだほどである。たまらない恐怖だったが、「ここに残れば死を迎える瞬間に必ず後悔し、必ず子供のせいにするだろう……」と思った。

自衛隊在職中、肉体的に厳しい訓練なら無数に経験したし、死にかけたことも、隊員を殺しかけたことも幾度もあった。実働となれば、手足を失うことも当然、生物として消滅することも覚悟していたし、隊員に要求もしていたのに、収入がなくなるというだけで手が震えるほどの恐怖を感じるとは、なんとも情けない話である。

とにかく入隊の目的を貫くため、退職した。ビビってずるずると先延ばしになりそうだったから、まずは退路を断った。戻る道がなければ前に進むしかないからだ。

私が海上自衛隊を中途退職した一年後に、陸上自衛隊の特殊部隊、特殊作戦群の初代指揮官である荒谷卓《あらやたかし》氏も中途退職した。「やっぱり無理だよな……」と思った。荒谷氏は、特殊部隊同士で濃い交流を重ねるなか、たった一人だけ心酔した男である。

私の立場であれば、入隊時の志を貫くためには退職するしか方法がなかったが、あの人の立場なら陸上自衛隊、ひいては防衛省をも変革できたはずなのに、とも思った。それを諦《あきら》めたということは、陸上自衛隊を、防衛省を、荒谷氏は見放したということなのかと考えたら、自分が先に辞めておきながらも、ひどく悲しい気持ちになったことを覚えている。

二人とも自衛隊には向いていなかったのかもしれない。しかし、その向いていない二人がいなければ特殊部隊はできなかったかもしれない。

一人の民間人となった私ではあるが、もし彼らが私の知識なり経験を必要とするのであればいつでも、どこででも伝授できるように、心と身体《からだ》と技術を整えておこうとしている。

自衛隊には、全員とは言わないが、本気の隊員が信じられないくらいいる。その彼らの思いが実る組織に近づいていくことは、ある思いを残したまま自衛隊を去った多くのOBに共通する願いであり、祈りである。

二〇一八年六月吉日

解説

かわぐちかいじ

伊藤祐靖《すけやす》さんのお名前を初めて耳にしたのは、『空母いぶき』の連載準備をしていた頃だったと記憶している。友人で軍事ジャーナリストの惠谷《えや》治《おさむ》君が「とても面白い資料がある」と紹介してくれたのが、〈「お世話になりました。行ってきます」北朝鮮工作母船追跡事案〉と題された文書だった。執筆者の名前は伊藤祐靖。実名だ。階級は二等海佐。

早速拝読し、その面白さに驚いた。能登半島沖で北朝鮮籍の不審船に遭遇した経験を克明に記した文書だったが、現場と指令のやりとりを含め、これほどまでに自衛隊内部の動きを深く詳細に描いた文章を読んだことがなかったからだ。まさに右往左往。事案に接した際の現場の緊張感やドタバタが手に取るように伝わってきた。

仕事柄、自衛隊に関する小説やノンフィクションを数多く読んできたが、ここまでリアルに描かれたものに出会ったのは初めてだった。評論家や作家ではなく、まさに体験者がそこにいた。本物は違うなと強く感じ、伊藤さんという存在に非常に興味を持った。

その後、伊藤さんが『邦人奪還』（新潮社刊）を上梓《じょうし》された際、週刊新潮誌上で対談をすることになった。お会いする前は、油断ないというか、神経質というか、スキを見せない人物を想像していたのだが、実際はとにかく明るく、気さくな感じの人だった。少々構えていったのに随分とリラックスして過ごし、本物ってこういう人かなと感じた。

自身が特殊部隊の隊員として訓練を受け、なおかつ指導者として指導をしてこられた伊藤さんは、日体大時代を含め、非常にハードな訓練を長期間自らに課している人だ。何かを持続できる人は明るいのではないか。物事を突き詰めて考えている雰囲気を外に出している人は、大概持たない。その瞬間は良いとしても、持続するには、出たとこ勝負の感覚を常に持ち続けていられる人ではないと難しいのではないだろうかと思った。

それまでにも艦長といった方々とお目に掛かったことはあるが、全員、神経質な感じはしなかった。どこか面白がる雰囲気を皆が持っていた。危機に瀕《ひん》した時、楽しめるくらいでないと視野狭窄《きょうさく》になり、対応できない。つまり余裕が必要なのだ。そういう人間は信頼できる。

対談を機に本書を手にしたのだが、まず面白かったのは伊藤さんに流れる血だ。「女々しいことをするくらいなら死を選べ」と言う軍国ばばあ。小野田寛郎《おのだひろお》元少尉《しょうい》と同じ陸軍中野学校の七期生で、蔣介石《しょうかいせき》の暗殺を命じられた父親。自衛隊入隊の朝に、尾頭付きの鯛《たい》ではなくアジの開きを焼き、「あんた、お父さんと握手をしてから行きなさいよ」と一番言ってはいけないことを、一番言ってはいけないタイミングで言ってしまう、ちょっとトボけた母親。三人は伊藤さんの人生に大きな影を落とし、人格形成を決定づけている。この家族はいわゆる普通の家族ではない。武士の家系のようであり、他でもない伊藤さん本人が忘れがたく覚えていて、面白がっている。とても可笑《おか》しい。

可笑しさといえば人間の追い詰められた時の可笑しさ、滑稽《こっけい》さが本書では素晴らしく表現されている。伊藤さんは命が懸かった時、人間がどうなるかをよく分かっている。追い詰められた時の感覚は喜劇に近い。悲劇と喜劇は背中合わせだ。

北朝鮮不審船にいざ乗り込むにあたり「行ってきます！」と言う手旗信号要員や防弾チョッキが無い、と少年マガジンを身体《からだ》に巻き付け、自分の命を雑誌に託す隊員。普通に考えれば暗夜で手旗など読み取れないので不要であろうし、少年マガジンで銃弾から身は守れない。おまけに拳銃《けんじゅう》は握ったことすらない。だが行く。一応みんなその気になり、清々《すがすが》しく美しい表情にすらなっていく。

そこで伊藤さんは気付く。行かせるわけにはいかないと。仕事を達成できる、つまり生きて帰って来られる人間じゃないと行かせられないと痛感し、特殊部隊を創設するに至るのだ。並の人間ならば部下達が自衛官として命を捨てる気だというところで終わるだろう。ところが伊藤さんは精神論ではなく、いわゆる理系の頭が働く人で、きちんと成功理論を計算できる頭脳を持っている。日体大時代の「科学的トレーニングを人より多く積んだ人間が勝てる」と同じで、まさに勝利の方程式を導き出すために特殊部隊を創設するのだ。

これは父親から受け取った精神であろう。一九八三年、ベニグノ・アキノ氏が暗殺された際、父親は「暗殺なんか簡単だ」と言ったそうだ。自分が生きていたいとか、捕まりたくないとか、往々にして他の要素を付け加えるから難しくなるのだと。自分が助かることを前提とすると色々なことが難しくなる。そうではなく、シンプルに、目的の達成だけを考える、それが伊藤さんの根底に流れる勝利の方程式だ。

特殊部隊だけでなく、伊藤さんは防衛大学校でも指導教官を務めていたことがある。第三部で詳細に述べられているが、我々大人が若い方とどう接していくべきか、非常に多くの示唆《しさ》に富んでいる。

漫画の新人賞の審査委員を一〇年ほど務めたことがある。授賞式のパーティーで若者と接するのだが、「今回入賞した者ですが、私の作品をどう思われましたか」と根掘り葉掘り、はっきりと聞いてくる者がいれば、一方で「今回の作品はここがまずかったですよね。今後はこのように改善したいと思います」と自ら予防線を張る者もいた。後者は自身が評価されなかったことを指摘され、傷つくことを恐れて、「あなたが言いたいことは分かっている」と先回りをするのだ。

防大生も同じだった。谷に落ちることを恐れ、落ちたら終わりだと思っている。私自身はそういった場面では少々辟易《へきえき》するだけだったが、伊藤さんは違う。〈若者は成長する。防大生は磨けば光る。光らないのは大人のせいだ。我々指導官の教えざる罪だ〉と断言する。大人は若者ときちんと向き合わなければならない。心をほぐし、傷付くことに対する免疫《めんえき》をつけ、社会と向き合える人間に育てる使命があると教えられた。

ちなみに防大を離任する日の伊藤さんの演説は名文だ。伊藤さんの作家性が非常に高いことを証明している。防大生だけでなく、これから社会に出て行く方に是非読んでいただきたい。この名文が載っているだけで、本書には価値がある。

自衛隊というのは非常に難しい存在だ。あくまで行政の人間であって軍隊ではない。彼らは役人だが、一方で戦闘を引き受ける存在になってしまっている。非常に複雑で理屈に合わない。伊藤さんの著書『邦人奪還』では総理含む閣僚の前で、主人公が詰め寄るシーンがある。「6名を救出するために何を失う覚悟があるのか」と問うのだ。本当に自覚のある自衛隊員はここに拘《こだわ》る。自分の命を捨ててでもやらなければならない国家的使命が必要なのだ。国益なんてただの益でしかない。国が存在する一番基本的なことをするために、最高指揮官である総理大臣が、命を捨てろと命じてくれと言っているのだ。初めて出会った凄《すさ》まじい場面だ。

熱が入っている。伊藤さんは燃えている。

防衛出動がかかり、多数の死傷者が出ることが予想される中、何が一番大切なのか。『空母いぶき』では理想的な指揮官を描きたいと思っているが、戦闘に赴く者の覚悟と指揮官に求めるものを伊藤さんは見事に表現された。伊藤さん以外に描ける者はいないだろう。

最後に本書のタイトルについて。『自衛隊失格』とあるが、一体何で失格したのか、何に失格したのか、最終章辺りまで何が失格なのか明らかにされない点が非常にうまい。自分で失格を決めたのか、それとも相手から失格の判子を押されたのか。読者は興味津々《しんしん》でページをめくることになる。

最初に拝読したときには、伊藤さんの突き詰めた姿勢が自衛隊に合わなかったのだと感じた。人生の完全燃焼を目指す伊藤さんと、あくまでお役所の自衛隊が合うはずもない。

しかし再度読み直したとき、伊藤さんは自衛隊を否定したいのではないと気付いた。自衛隊員は当然、配置転換がある。伊藤さん自身も特殊部隊からの配置転換を命じられて退職を決意されるのだが、その理由は、異動をすれば特殊部隊の為《ため》に作り上げた様々なネットワークが失われ、自分が鍛え上げてきた人間を活《い》かしきれなくなってしまう事を危惧《きぐ》されたからではなかろうか。だからこそフリーランスになり、繋《つな》がりを持ち続ける道を選ばれたのではないか。とすると失格という言葉は自衛隊に対するマイナスの言葉ではなく、否定したいわけでもなく、自衛隊は行政のお役所であることを正面から受け止め、自分を活かすために自衛隊を辞めたという意味ではないかと思う。このタイトルは極めて秀逸だ。

本書は日本の防衛を考えるひとつのファクトであり、その存在意味を考える手助けになる最高の書であると断言する。

（令和三年四月、漫画家）

この作品は平成三十年六月、新潮社より刊行された。

阿川弘之著
春の城
読売文学賞受賞
第二次大戦下、一人の青年を主人公に、学徒出陣、マリアナ沖大海戦、広島の原爆の惨状などを伝えながら激動期の青春を浮彫りにする。

阿川弘之著
雲の墓標
一特攻学徒兵吉野次郎の日記の形をとり、大空に散った彼ら若人たちの、生への執着と死の恐怖に身もだえる真実の姿を描く問題作。

阿川弘之著
山本五十六
新潮社文学賞受賞（上・下）
戦争に反対しつつも、自ら対米戦争の火蓋を切らねばならなかった連合艦隊司令長官、山本五十六。日本海軍史上最大の提督の人間像。

阿川弘之著
米内光政
歴史はこの人を必要とした。兵学校の席次中以下、無口で鈍重と言われた人物は、日本の存亡にあたり、かくも見事な見識を示した！

阿川弘之著
井上成美
日本文学大賞受賞
帝国海軍きっての知性といわれた井上成美の戦中戦後の悲劇――。「山本五十六」「米内光政」に続く、海軍提督三部作完結編！

NHKスペシャル取材班著
日本海軍400時間の証言
―軍令部・参謀たちが語った敗戦―
開戦の真相、特攻への道、戦犯裁判。「海軍反省会」録音に刻まれた肉声から、海軍、そして日本組織の本質的な問題点が浮かび上がる。

新潮文庫最新刊

谷川俊太郎著
さよならは仮のことば
―谷川俊太郎詩集―
代表作「生きる」から隠れた名篇まで。70年にわたって最前線を走り続ける国民的詩人の、珠玉を味わう決定版。新潮文庫オリジナル！

早坂吝著
四元館の殺人
―探偵AIのリアル・ディープラーニング―
人工知能科学×館ミステリ!! 雪山の奇怪な館、犯罪オークション、連鎖する変死体、AI探偵の推理が導く驚天動地の犯人は――!?

椎名寅生著
ニューノーマル・サマー
2020年、忘れられない夏。それでも僕らは芝居がしたかった。笑って泣いて、元気が出る。大学生劇団員のwithコロナ青春小説。

村上春樹
柴田元幸著
本当の翻訳の話をしよう 増補版
翻訳は「塩せんべい」で小説は「チョコレート」!? 海外文学と翻訳とともに生きてきた二人が交わした、7年越し14本の対話集。

萩尾望都著
聞き手・構成 矢内裕子
私の少女マンガ講義
『ポーの一族』を紡ぎ続ける萩尾望都が「日本の少女マンガ」という文化を語る。世界に誇るその豊かさが誕生した歴史と未来――。

椎名誠著
「十五少年漂流記」への旅
―幻の島を探して―
あの作品のモデルとなった島へ行かないか。胸躍る誘いを受けて、冒険作家は南太平洋へ。少年の夢が壮大に羽ばたく紀行エッセイ！

自《じ》衛《えい》隊《たい》失《しっ》格《かく》

私が「特殊部隊」を去った理由

新潮文庫　い－140－1

令和三年六月一日発行
令和三年六月二十日二刷

著者　伊《い》藤《とう》祐《すけ》靖《やす》
発行者　佐藤隆信
発行所　株式会社新潮社
郵便番号　一六二―八七一一
東京都新宿区矢来町七一
電話 編集部(〇三)三二六六―五四四〇
読者係(〇三)三二六六―五一一一
https://www.shinchosha.co.jp

価格はカバーに表示してあります。

乱丁・落丁本は、ご面倒ですが小社読者係宛ご送付ください。送料小社負担にてお取替えいたします。

印刷・株式会社光邦　製本・株式会社大進堂

ISBN978-4-10-102961-0 C0195